Hoffnung-Der steinige Weg

Ragnar Fenrir

Hoffnung-Der steinige Weg

Autobiographie

Impressum

Bibliografische Information der Deutschen Nationalbibliothek:
Die Deutsche Nationalbibliothek verzeichnet diese Publikation in der
Deutschen Nationalbibliografie; detaillierte bibliografische Daten sind
im Internet über http://dnb.dnb.de abrufbar.

Lektorat: Ragnar Fenrir
Korrektorat: Ragnar Fenrir
weitere Mitwirkende: Ragnar Fenrir

Herstellung und Verlag: BoD – Books on Demand, Norderstedt

ISBN: 978-3-7557-9737-1

MIX
Papier aus verantwortungsvollen Quellen
Paper from responsible sources
FSC
www.fsc.org
FSC® C105338

Vorwort

Sehr verehrte Leser/innen,

Dieses Buch handelt von einem Jungen namens Joel, der über einen der schwersten Wege seines Lebens berichtet.

Seine Geschichte ist genau so oder so ähnlich verlaufen. Bewusst wurden einzelne Ereignisse zum Teil verändert oder weggelassen.

Aus persönlichen Gründen, wurden die Namen aller beteiligter Personen verändert (sollte es doch vorkommen, das der ein oder andere Name der Realität entspricht, bitte ich die betreffende Person um Entschuldigung).

Die Orte, an denen sich Joel aufgehalten hat, gibt es in Wirklichkeit. Diese werden aber nicht beim Namen genannt.

Bewusst gibt es auch keine genaue Zeitangabe.

Ragnar Fenrir

Unfall

Es war ein angenehmer Herbsttag, als Thomas, Joel´s Vater und Hans, Joel´s Opa, gemeinsam auf ein Grundstück, einen ca. 4 Hektar großen Garten, fuhren, um dort an einer Hütte weiterzubauen.

Joel blieb währenddessen zu Hause bei seiner Oma. Was hätte er auch groß tun können? Er wäre den zwei Männern bei der Arbeit wohl eher im Weg gestanden, als ihnen eine nützliche Hilfe zu sein. In dem Ort seiner Großeltern hatte Joel viele Freunde, mit denen er spielen konnte. Sie waren immer irgendwo in der Natur unterwegs, da sie immer irgendwo in dem großen Wald spielten, der an das Dorf angrenzte. Es gab auch zwei Bäche, die munter durch den Wald plätscherten und im Hochsommer die Kinder dazu einlud, in ihnen zu baden. Am liebsten spielten Joel und seine Freunde besonders an einer Stelle. Es war ein kleiner Wasserfall, wo eine ca. 3 Meter hohe Steinwand stand und das Wasser über eine Lücke am oberen Rand der Wand hindurchschoss.

Auf der einen Seite, wo sich das Wasser staute, war es tief und keines der Kinder wagte es, hineinzusteigen. Sie hatten alle Angst, dass sie der Strudel, welchen das Wasser erzeugte, sie mitreißen und gegen die Mauer drücken oder sie womöglich mit dem Kopf gegen einen Stein prallen lassen könnte. Wenn sie dort am Spielen waren, mussten sie aufpassen, dass sie auf den glitschigen, mit Moos bedeckten Steinen, nicht ausrutschten, denn dann würden sie direkt in das Wasser und eventuell auf einen der Steine, die herumlagen fallen und sie sich weiß Gott was brechen könnten. An diesem Tag spielten sie aber an einer anderen Stelle. Sie spielten unter einer Brücke, wo das Wasser nicht so tief war und über einen Teppich aus kleinen Steinen floss. Drei von ihnen besorgten aus dem Unterholz des Waldes Stöcke und Steine und brachten sie zu Joel und Daniel unter die Brücke, wo Joel und sein Freund einen Damm bauten. Da alle Gummistiefel trugen, konnten sie bis in die Mitte des Bachs hineingehen, um dort die Steine und Äste für den Damm zu platzieren. Bald hatten sie auch schon den Damm durch den Bach gezogen und das Wasser staute sich. Da das Wasser nicht mehr wie gewohnt fließen konnte, trat es über das Ufer hinaus und suchte sich somit einen neuen Weg.

Lachend hüpften sie durch das gestaute Wasser und tobten ausgelassen herum, wobei ihnen Wasser in die Gummistiefel floss und sie ihre Hosen nass machten aber das war ihnen egal. Schließlich war es ein warmer Herbsttag und die Sonne strahlte in voller Pracht am Himmel. Durch das ganze Getobe und Geschrei hatten sie völlig die Zeit vergessen. Als Daniel auf einmal aus dem angestautem Wasser auf die trockene Wiese ging und sagte: „Jungs.... Wir haben gleich 18 Uhr. Vielleicht sollten wir langsam alle heim gehen ..." Was gleich 18 Uhr", schrie Joel mit entsetztem Gesicht auf. „Ich hab meiner Oma versprochen, dass ich um 17:45 Uhr Zuhause bin ..." Schnell zertrümmerten sie den gebauten Staudamm, damit nichts passieren konnte, wenn sie nicht mehr da waren und stiegen alle auf ihre Fahrräder, um den Heimweg anzutreten. Joel trat so stark er konnte in die Pedale und raste in einer höllischen Geschwindigkeit in Richtung des Hauses seiner Großeltern. Er achtete kaum auf den Verkehr und hatte Glück, dass ihm nichts passiert ist, als er fast blindlings über eine Kreuzung schoss, an der einige Autos an der Haltelinie standen, um dem entgegenkommenden Verkehr Vorfahrt zu gewähren. Schnell wie der Wind fuhr er die Hofeinfahrt hinunter und hatte Glück, dass das Tor, welches da war, damit die Hündin nicht weglaufen konnte, wenn sie läufig war, offen stand, sonst hätte er nicht mehr bremsen können und wäre in hohem Bogen drüber geflogen. Im Hinterhof angekommen, legte er eine Vollbremsung hin und wäre fast vom Rad geflogen, weil er so einen Schwung hatte. Er stellte sein Rad auf den Ständer und rannte in das Haus, die Treppe hinauf und betrat die Wohnung seiner Großeltern. Seine Oma, eine Frau mit 60 Jahren und grauem, gelocktem Haar, saß am Küchentisch und schrie ihn an: „Sag mal, Joel. Woher kommst Du jetzt und wie siehst Du überhaupt aus? Deine Hose ist ganz nass … Ich habe mir schon Sorgen gemacht und bei den Eltern Deiner Freunde angerufen. Das Essen ist schon lang fertig und gleich kommt Dein Vater." Ihr Gesicht war von Zorn rot und sie pustete schwer. „Ja, tut mir leid, Oma. Ich hab die Zeit vergessen. Wir haben so schön gespielt." „Das ist mir egal, Joel. Wenn ich zu Dir sage, dass Du um dreiviertel 6 da bist, bist Du da, Punkt. Jetzt setz Dich erst mal und esse etwas. Ich hab noch eine saubere Hose von Dir da. Die ziehst Du dann an, bevor Dein Vater kommt."

Sie schnitt ihm eine dicke Scheibe des lecker duftenden Leberkäses herunter, legte es auf einen Teller und klatschte noch einen großen Löffel selbstgemachten Kartoffelsalat daneben und schob ihm den Teller unter die Nase. Gierig aß Joel seine Portion auf, um den Hunger, den das Spielen an der frischen Luft in ihm geweckt hatte, zu stillen. Dann zog er seine nasse Hose aus, trocknete sich die Füße ab und zog die trockene Hose und Socken, die seine Oma ihm schon hingelegt hatte an. Joel saß am Fenster und beobachtete die Straße, bis kurz darauf der weiße Citroën um die Ecke gebogen kam und in die Hofeinfahrt einbog. Joel rannte in die Küche, wo seine Oma am Tisch saß und ein Kreuzworträtsel löste und sagte: „Oma, Papa und Opa kommen." „Ja, ich hab es gehört. Ich mach ihnen sofort die Türe auf." Die alte Dame drückte auf den Schalter, der die Tür öffnete und ließ die Männer ins Haus. Man konnte die zwei Männer schon hören, obwohl sie noch im Treppenhaus standen. Die Türe öffnete sich, Joel´s Vater und Großvater betraten die Wohnung und gingen direkt in die Küche zu Joel und seiner Oma.

Hans und Thomas setzten sich an den Küchentisch und ließen sich das Abendessen servieren. Thomas prahlte damit, wie er und sein Schwiegervater an der Hütte auf ihrem Grundstück weitergebaut haben und dass sie anschließend noch in ihrer Stammkneipe waren, um dort mit seinen Saufbrüdern einige Schnäpse zu trinken. Joel war es schon gewohnt, dass sein Vater immer unter Einfluss von Alkohol stand und auch so Auto fuhr. Er musste schließlich immer mit in Kneipen, wenn seine Eltern unterwegs waren. Auch in seinem Umfeld wurde viel getrunken…. Thomas und Hans aßen beide eine doppelte Portion, dann öffneten sie jeweils eine Flasche Bier. Joel wollte nicht wissen, wie viel Flaschen Bier sein Vater den ganzen Tag über bei dem Bau der Hütte getrunken hatte. Es war bestimmt mehr als genug. Nachdem Thomas sein Bier leergetrunken hatte, sagte er zu seinem Sohn: „Komm, Joel. Wir fahren jetzt nach Hause. Ich bin gespannt, ob deine Mutter da ist. Wenn nicht, bekommt sie was zu hören, wenn sie wieder auftaucht." Joel und sein Vater verabschiedeten sich von den Großeltern. Inge gab ihrem Enkel noch einen dicken Schmatzer, dann stiegen sie in das Auto und fuhren los.

Thomas lenkte den Wagen aus der Ortschaft hinaus, auf eine holprige Strecke, die die letzte Sanierung schon längst hinter sich hatte und fuhr schneller, als es eigentlich zugelassen war. An der nächsten Kreuzung bog Thomas nach links ab, um auf der Straße, welche durch einen Wald verlief, nach Hause zu fahren. Der Wagen von Thomas fuhr in leichten Schlangenlinien ein Stück auf der Gegenfahrbahn. Plötzlich tauchte hinter einer unübersichtlichen Kurve ein weiterer PKW auf, der aus unerklärlichen Gründen ein Stück auf der anderen Spur fuhr. Statt dem Verlauf der Fahrbahn zu folgen, fuhr Thomas, aus welchen Gründen auch immer, einfach weiter geradeaus. Das angenehm ruhige Geräusch des Waldes, das friedliche Zwitschern der Vögel und das leise Plätschern eines kleinen Baches, wurden auf einmal zerstört. Die Vögel hörten auf zu zwitschern und flogen erschrocken in den Himmel, als sich die Autos streiften, Glas klirrte, Metall krachte, Plastik zersprang und Reifen quietschten. Das Heck des Citroens von Thomas und Joel drehte es nach vorne und der Wagen landete im Straßengraben. Joel saß hinter seinem Vater auf der Fahrerseite und war nicht angeschnallt. Keiner weiß warum. Als sie losgefahren waren, war er es auf jeden Fall. Er hatte während der Fahrt den Gurt höchstwahrscheinlich selbst gelöst. Durch die

Wucht, die sich durch den Aufprall entwickelte, wurde Joel im Fahrgastraum des Autos mit dem Kopf zuerst nach oben an die Decke geschleudert, prallte mit der linken Seite gegen die Scheibe und lag letztendlich im Auto auf dem Boden und war bewusstlos. Thomas hatte das Glück, dass er angeschnallt war aber dennoch prallte er mit dem Bauch gegen das Lenkrad, was zur Folge hatte, dass er innere Blutungen im Magen hatte, was aber erst später im Krankenhaus erkannt wurde, da er ziemlich hohes Fieber hatte, welches nicht gesenkt werden konnte.

Die Dame, Ines, die hinter Thomas gefahren war und das ganze Geschehen mit Schrecken verfolgen musste, machte den Warnblinker an, fuhr etwas näher an den Straßenrand, hielt an, stieg aus ihrem Auto aus und sicherte als Erstes die Unfallstelle mit dem Warndreieck. Dann sah sie nach den Unfallopfern, um sich ein Bild über deren Zustand machen und den Notarzt informieren zu können. Zuerst sah sie zu den Personen aus dem Auto auf der anderen Fahrbahn. Die drei Insassen waren alle ansprechbar, hatten aber einen Schock. Bei Thomas und Joel war das anders. Sie waren nicht ansprechbar. Die Dame mittleren Alters öffnete die Hintertüre auf der Fahrerseite des Citroens, zog mit einem einwandfreien Erste-Hilfe-Griff Joel aus dem Wagen, legte ihn vorsichtig in unmittelbarer Nähe auf eine Wolldecke, die sie zuvor dort hingelegt hatte, aufs Gras und leistete Erste-Hilfe. Thomas war in dem Fahrzeug eingeklemmt, da sich die Karosserie durch den Aufprall stark verzogen hatte.

Dann rief Ines den Notarzt und teilte alle Einzelheiten über den Zustand der Verletzten mit. Der Notarzt und Rettungswagen, von dem Krankenhaus, das nur ungefähr 2–3 Kilometer Luftlinie entfernt lag, waren innerhalb von ca. 10 Minuten vor Ort. Als Erstes wurden die ansprechbaren Personen von den Notärzten in Behandlung genommen. Einer der Notärzte ging zu Joel und Ines, um sich ein Bild davon zu machen, was dem Jungen fehlte und um zu sehen, wie er weiter behandelt werden musste. Nachdem der Notarzt festgestellt hatte, dass Joel ein Trauma hatte und nicht ansprechbar war, war ihm klar, dass der Junge dafür in eine andere Klinik gebracht werden musste, da in der Klinik, von der sie kamen, keine Möglichkeit zur Behandlung dieses Falls gegeben war. Also forderte er Unterstützung der nächsten Unfallklinik an, die weiter entfernt war. Wegen der Entfernung musste ein Helikopter kommen, um Joel möglichst schnell in die Klinik zu bringen. Mittlerweile waren auch schon Polizei und Feuerwehr an der Unfallstelle angelangt und die Straße wurde in ein Meer aus blinkendem Blaulicht getaucht. Die Polizisten befragten Ines und die ansprechbaren Personen zu dem Unfallhergang. Zwei Feuerwehrmänner mussten das Dach und die Fahrertüre des weißen Citroens aufschneiden, um Thomas befreien zu können. Nachdem

Thomas befreit war, brachten sie ihn und die anderen verletzten Verkehrsteilnehmer mit den Krankenwagen in das nahegelegene Krankenhaus, um sie dort weiter zu untersuchen und behandeln zu können. Der Helikopter war auch relativ schnell vor Ort und die Notärzte bereiteten Joel für den Transport vor und flogen zurück in die Klinik. Die Polizisten und Feuerwehrleute machten noch die letzten Vermessungen usw. und begannen dann mit den Aufräumarbeiten, damit die Straße wieder für den Verkehr freigegeben werden konnte.

Koma

Auf dem Dach der Klinik standen schon die Ärzte bereit und warteten auf das Eintreffen des Helikopters. Die Mediziner, die Joel im Helikopter behandelten, hatten über Funk das Krankenhaus schon über Joel's Zustand informiert, sodass sie sich schon mal darauf einstellen konnten, was zu tun war. Der Helikopter erreichte das Krankenhaus, landete auf dem Dach und die wartenden Ärzte wuselten wie wild gewordene Bienen herum, holten das Bett, auf dem Joel lag, aus dem Hubschrauber und schoben es schnell in das Gebäude.

Noch im Aufzug, der sie vom Dach hinunter in die Notaufnahme brachte, checkten sie noch mal Joel's Zustand. Die Überwachungsmaschinen für Kreislauf, Lunge, Herz usw. zeigten an, dass alles in Ordnung war. Man hätte denken können, Joel würde nur schlafen, so friedlich sah er aus.

Die Türe des Fahrstuhls öffnete sich und das Bett mit Joel darauf kam zum Vorschein. Zwei Ärzte links und zwei Ärzte rechts an den Seiten, die immer hektisch auf die Monitore der Maschinen schauten. Der fünfte Arzt schob das Bett durch den hell beleuchtenden Gang. „Wir müssen ihn sofort in den Schockraum bringen", sagte einer der Ärzte aufgeregt. Um sich einen genauen Überblick zu verschaffen, musste ein CT durchgeführt werden. Dabei stellte sich heraus, dass in Joel's Schädel ein Überdruck herrschte und durch das Schädelhirntrauma viele Teile seines Gehirns beschädigt waren. Um den Überdruck in Joel's Kopf abzulassen, wurde ein Loch in die Schädeldecke gebohrt, um den Druck im Schädel abzulassen und um genau sehen zu können, welche Teile des Gehirns beschädigt waren. Durch die Sonde war eindeutig zu sehen, dass große Teile des Sprachzentrums und die Region, die für die linke Körperhälfte zuständig ist, komplett abgestorben war.

„Also gut, meine Herren", sagte der leitende Oberarzt, der das Loch in Joel´s Schädeldecke gebohrt und dann die Sonde eingeführt hatte. „Wir können jetzt nur hoffen, dass der Druck in dem Schädel des Jungen möglichst schnell wieder abnimmt und wir ihn dann in ein anderes Krankenhaus verlegen können. Der arme Junge tut mir leid. Er hat noch das ganze Leben vor sich und muss jetzt sein ganzes Leben mit einer Behinderung zurechtkommen. Und das alles nur wegen des Alkohols. Sehr traurig." Das Bett wurde über die langen und hell erleuchteten Gänge, vorbei an den wartenden Patienten, die alle versuchten zu sehen, was da war bzw. wer da lag und was er hatte, bis in ein Zimmer der Notaufnahme geschoben. In dem Zimmer stöpselten sie Joel Saugstöpsel, welche mit dünnen Kabeln mit dem EKG-Gerät verbunden war, auf die Brust, um Informationen über seinen Herzschlag und die Blutsättigung ect. zu bekommen. "Piep, Piep..." ertönte es in regelmäßigen Abständen monoton und der Strich des Geräts zeigt Joel's Herzschlag an, welcher völlig normal war. Es war ein erschreckendes Bild, welches dort zu sehen war. Der Junge mit einem bleichen Gesicht und verbunden mit Kabeln und Schläuchen … Das Personal der Notaufnahme war so etwas zwar gewohnt doch es berührte alle sehr, dass der kleine Junge so etwas mitmachen musste.

Der Unfall hatte bei Joel´s Verwandten starke Trauer ausgelöst. Angesichts der Tatsache, dass im Auto noch ein Beil lag, waren alle froh, dass dieses nicht zur tödlichen Waffe geworden war. Man konnte sich ausmalen, was passiert wäre, wenn das Beil durch die Wucht durch das Auto geflogen wäre und hätte Joel oder Thomas am Kopf getroffen hätte...

Während der Nacht besserte sich Joel´s Zustand und der Überdruck in seinem Kopf nahm, Gott sei Dank, schnell ab. So war es also möglich, ihn am nächsten Tag in eine Kinderklinik zu verlegen. Nach der Übergabe vom Nacht in den Frühdienst bereiteten die Sanitäter einen Rettungswagen für den Transport vor und schon um 9 Uhr wurde Joel auf seinem Bett in den Wagen mit den Blaulichtern und dem Martinshorn geschoben. Auch ein Notarzt fuhr mit, um den Transport zu überwachen und im Notfall eingreifen zu können, sollte sich Joel´s Zustand verschlechtern, was natürlich niemand hoffte aber es hätte durchaus möglich sein können. Sie kamen gut aus der Stadt hinaus auf die Autobahn. Nach einigen Kilometern geriet der Verkehr jedoch ins Stocken und bald ging es nur noch zäh voran. Weil sie keine Zeit verlieren durften, machte der Fahrer das Blaulicht an, fuhr auf den Standstreifen und an den anderen PKWs, die weiter vorn nur noch standen, vorbei. Joel bekam von alldem nichts mit, weil er in einem tiefen Schlaf gefangen war.

An der Kinderklinik angekommen, stand schon ein Team von vier Ärzten bereit, die auf Joel warteten. Sie hatten schon die Informationen über die Lage, in der sich Joel befand, durch den Notarzt, der mit bei der Fahrt dabei gewesen war, erhalten und wussten damit, was auf sie zukommt und was zu tun war. „Hat er die Fahrt gut überstanden oder gab es irgendwelche Komplikationen?", fragte einer der Ärzte der Kinderklinik. „Nein, es ist alles gut verlaufen. Sein Zustand hat sich nicht verschlechtert", antwortete der Notarzt, der die Fahrt über neben Joel´s Bett saß und alles im Überblick behielt. Keiner redete davon, ob es Joel besser ging, weil es schließlich nur darauf ankam, ob sich die Lage zugespitzt hatte. Die Ärzte schoben Joel in ein freies Zimmer der Station für Unfallopfer und schlossen ihn wieder an die Überwachungsmaschinen an, dann verließen sie das Zimmer wieder.

In den ersten drei oder vier Tagen stand Joel noch unter intensiver Überwachung, was bedeutete, dass in regelmäßigen Abständen jemand vom Pflegepersonal nach ihm schaute, wovon Joel aber sowieso nichts mitbekam.

Inge, Joel´s Großmutter hatte sich täglich telefonisch über den Zustand ihres Enkels informiert und die Ärzte bzw. Krankenpfleger teilten ihr jeden Tag mit, dass sich sein Zustand nicht verschlechtert hatte. Sie erwartete schon sehnsüchtig den Tag, an dem sie Joel besuchen und sehen konnte, was mit ihm passiert war. Joel war wie ihr eigener Sohn für sie gewesen, da er zur Hälfte auch bei ihr und ihrem Mann aufgewachsen war. Es bestand eine enge Bindung zwischen Joel und seinen Großeltern. Besonders zu seiner Oma hatte er ein gutes Verhältnis. Das haben aber Omas wahrscheinlich so an sich. Sie verstehen ihre Enkelkinder immer am besten und wollen natürlich nur das Beste für sie …

Nach 5 Tagen gab die Klinik grünes Licht, dass die engsten Verwandten zu Joel durften. Inge kamen die Tage wie eine halbe Ewigkeit vor und sie wurde fast verrückt vor Sorgen um ihren Enkel, auch wenn es immer wieder hieß, dass sich nichts an Joel´s Zustand verschlechterte. Inge wollte es sehen. Es reichte ihr einfach nicht, es nur zu hören, sie wollte sich selbst davon überzeugen.

Als es endlich so weit war, stand Inge schon morgens um 10 Uhr vor dem Krankenhaus und ging zu dem Stationszimmer der Station, auf der Joel lag, zu den Krankenschwestern und meldete sich dort an. Sie war schon um 7:30 Uhr losgefahren, weil sie auf öffentliche Verkehrsmittel angewiesen war und somit eine längere Fahrt in Kauf nehmen musste. Weder Hans noch sie hatten einen Führerschein und von ihren Kindern oder Bekannten hatte niemand Zeit, sie zu fahren. Das Herz schlug ihr bis zum Hals, als sie vor der Türe von Zimmer Nummer 28 stand. Sie holte noch einmal tief Luft und öffnete die Türe. Der Raum war abgedunkelt. Die Jalousien waren heruntergelassen aber so gestellt, dass ein wenig Sonnenlicht in den Raum schien. Vorsichtig betrat sie den Raum, schloss leise die Türe und trat mit vorsichtigen und leisen Schritten an das Bett, in welchem Joel lag. Als sie ihn sah, mit all den Kabeln und Schläuchen verbunden und das rhythmische „Piep, Piep … Piep, Piep..." wahrnahm, schlug sie die Hände über dem Kopf zusammen und musste einen dicken Kloß im Hals schlucken. Sie setzte sich auf den Stuhl, der neben dem Bett stand und hatte mit den Tränen zu kämpfen. Ganz vorsichtig nahm sie seine Hand, drückte sie, dann streichelte sie sie wieder und flüsterte mit Tränen unterdrückter Stimme: „Was ist nur passiert, Joel?

Was hat dir dein Vater nur angetan?" Dann brach sie doch in Tränen aus, drückte seine Hand in der ihren und legte ihren Kopf auf seinen Oberkörper. Joel lag nur da wie eine Marionette und gab kein Lebenszeichen von sich. Die Zimmertüre wurde vorsichtig geöffnet und Inge hob ihren Kopf von Joel´s Körper. Eine junge Krankenschwester mit langem blonden Haar stand in der Türe und fragte: „Ist mit Ihnen alles in Ordnung, Frau E.? Wir möchten Sie bitten nicht mehr allzu lange bei ihrem Enkel zu sein, da es im Unterbewusstsein für ihn auch nicht gerade leicht sein wird und wir ihn keinen zusätzlichen Strapazen aussetzen möchte..." „Ist in Ordnung. Geben sie mir bitte noch 5 Minuten, dann bin ich weg." Damit gab sich die nette Krankenschwester zufrieden und schloss die Türe von außen wieder. Inge sagte noch ein letztes Mal zu ihrem Enkel, dass alles wieder gut werden würde und dass er sich keine Sorgen machen müsse. Sie versicherte ihm, dass sie immer für ihn da sein würde, egal was kommen möge. 5 Minuten konnten sehr schnell vergehen und Inge musste weinend das Zimmer verlassen und ihren Enkel zurücklassen. Sie fragte im Stationszimmer nochmal nach, wann sie Joel das nächste Mal besuchen könne. Die Krankenschwester blätterte kurz in der Akte, überlegte kurz und gab zur Antwort: „Nun, sie waren der erste Besucher, der hier war … Jetzt müssen wir erst einmal schauen, wie Ihr Enkel das alles verkraftet …" Aber wenn alles gut geht, denke ich, dass sie in ca. 3–4 Tagen wieder kommen dürfen … Rufen Sie am besten einfach nochmal bei uns an und fragen nach, nicht dass Sie umsonst hier herfahren und wir Sie wieder nach Hause schicken müssen…." Damit gab sich Inge zufrieden und in die Tränen der Trauer und des Erschreckens mischten sich Tränen der Freude und Erleichterung.

Inge verließ das Krankenhaus, ging zur Bushaltestelle, wartete dort auf den richtigen Bus und fuhr wieder nach Hause. Die ganze Fahrt über sah sie das Bild von Joel vor sich, wie er fast wie ein Toter da lag und kein Lebenszeichen von sich gab und ihr lief ein kalter Schauer den Rücken hinunter. In ihr kochte immer mehr die Wut auf Thomas auf und sie stellte sich 1000 Mal die Frage, wie sie und sie alle solch ein verantwortungsloses Verhalten überhaupt zulassen konnten.... Nachdem sie zu Hause angekommen war, nahm sie sofort das Telefon zur Hand und rief ihre Kinder an, um ihnen zu berichten, wie es Joel ging. Jedes Mal, wenn sie davon erzählte brach sie in Tränen aus und ihre Söhne mussten sie beruhigen. Ihre Tochter, Joel´s Mutter, war nirgends zu erreichen. Hans musste nun für seine Frau da sein und ihr als Stütze dienen, da sie sonst nicht wusste, wie sie es schaffen sollte. Selbst in der Nacht wachte sie auf, setzte sich im Bett auf und fragte in das dunkle Zimmer hinein: „Joel, geht es Dir gut? Tut Dir etwas weh?" Hans musste sie in den Arm nehmen und ihr versichern, dass Joel gut aufgehoben war und man sich gut um ihn kümmerte. Erst dann konnte sie nach einigen Minuten wieder einschlafen.

Täglich wählte sie die Nummer der Klinik und erkundigte sich nach Joel´s Befinden und jeden Tag wurde ihr versichert, dass sich nichts zum negativen verändert hatte. Ihre Ängste, die durchaus gerechtfertigt waren, wurden somit zum Glück nicht bestätigt. Bei dem Telefonat am dritten Tag verkündete ihr die Krankenschwester freudig, dass sie am nächsten Tag kommen durfte, um ihren Enkel zu besuchen. Mit dieser Nachricht war Inge überglücklich und doch stellte sich ihr die Frage, welches Bild sie wieder erwarten würde aber eigentlich war ihr das egal. Hauptsache, sie konnte Joel wieder sehen, ihn spüren und zu ihm sprechen. Auch wenn sie erst am nächsten Tag ins Krankenhaus fahren wollte, richtete sie schon am Abend ihre Tasche mit den Dingen, die sie ihm vorbeibringen wollte, um auch ja nichts zu vergessen. Dabei waren es nur drei paar dicke Socken und ein Stofftier. Für die lange Fahrt packte sie sich noch ein Frauen-Magazin ein, um nachzulesen, was in der Promi-Welt alles geschah, obwohl sie das in dieser Situation eigentlich weniger interessierte. Die Zeitung sollte mehr dazu dienen, dass sie sich etwas ablenken konnte. Am nächsten Tag saß sie wieder in dem ersten Bus, der sie von der Ortschaft, in der sie lebte, weiter in die nächste größere Stadt brachte, wo sie dann in einen anderen Bus umsteigen musste, der sie bis kurz vor die Klinik brachte. Die ganze Fahrt über freute sie sich darauf, Joel bald wiederzusehen und sie versuchte sich schon mal auf das Bild vorzubereiten, welches sie erwarten würde. Gefasst, auf das, was sie erwartete, stand sie vor dem Zimmer Nummer 28 und merkte, dass es sie doch Überwindung kostete, die Türe zu öffnen. Der Raum war etwas kühl, weil die Wärme spendenden Sonnenstrahlen nicht komplett durch das Fenster strahlten. Das Nachtlicht an der Wand über dem Bett brannte. Inge stellte ihre Tasche auf den Boden, zog den Stuhl an das Bett und setzte sich, wie einige Tage zuvor an das Krankenbett, in dem ihr Enkel lag. Sie streichelte seine Wange und sagte ihm, dass sie bei ihm war. Wie bei einem abendlichen Gebet wiederholte sie immer wieder, dass alles wieder gut werden würde und er stark sein musste. Nach 15 Minuten erinnerte sie sich daran, dass sie ihm sein Lieblingsstofftier mitgebracht hatte, zog es aus ihrer Tasche und legte es ihm auf den Bauch. Sie legte seine schlaffen Hände, die nur wie abgestorbene Äste an einem Baum an seinem Körper zu hängen schienen, auf den weißen Panther und drückte sie an ihn. Sein Körper hatte keinerlei Spannung. Man konnte die Gliedmaßen fast wie bei einem Gummimenschen bewegen. Nach 2 Stunden schaute sie auf ihre Uhr und bemerkte, dass sie sich auf den Weg zum Bus machen musste, da dieser bald losfuhr. Sie drückte ihrem Enkel noch einen dicken Schmatzer auf die Stirn und verließ mit feuchten Augen wieder das Zimmer.

Wenige Tage später erschien ein Mann Mitte 40 auf der Station und stellte sich als Thomas L. vor. Er war ein groß gewachsener Mann mit einem Bierbauch und einem Vollbart. Er sagte den Schwestern bzw. der Schwester, dass er Joel´s Vater sei und er ihn gerne sehen würde. Thomas war es erst jetzt, nach gut 3 Wochen möglich seinen Sohn besuchen zu kommen, da er im Krankenhaus erst einen harten körperlichen Entzug vom Alkohol durchmachen musste. Er war sozusagen auf eigene Gefahr zu seinem Sohn gekommen. Die Ärzte hielten es nicht für ratsam doch sie ließen ihn gehen, wenn er selbst die Verantwortung für sich trug, d. h. Wenn ihm etwas passierte, hätte die Klinik keine Haftung dafür getragen. Das war Thomas aber egal. Er wollte nur zu seinem Sohn, koste es, was es wolle. Er wollte sehen, was mit Joel passiert war und wie es ihm ging, auch wenn er sich schon denken konnte, dass es ihn mehr erwischt haben musste, als ihn selbst. Die Krankenschwester begleitete ihn bis vor die Türe des Zimmers 28 und sagte ihm, dass er seinen Besuch bitte kurz halten möge, da nicht einzuschätzen war, wie Joel es verkraften würde, wenn er den Verursacher des Unfalls sehen würde …

Thomas fühlte sich nach dieser Aussage sehr schlecht. Er wusste, was er getan hatte und konnte es sich selber nicht verzeihen. Das Gefühl war eine Mischung zwischen Wut, Zorn, Enttäuschung und Selbsthass. Thomas hasste sich dafür, dass er seinen Sohn zum Krüppel gefahren hatte. Seine Augen füllten sich schon jetzt, als er noch vor der Türe stand, mit Tränen doch er versuchte dies vor der jungen Krankenschwester zu verbergen. Thomas schluckte die Tränen hinunter und öffnete langsam die Türe und ging wie ein Schwerverbrecher, der sich für seine Tat zutiefst schämte, mit gesenktem Kopf hinein und stellte sich neben dass Bett. Er sah, wie sein Sohn da lag und fest zu schlafen schien. Seine Haut war leichenblass und es schien, als hätte ihn das Leben verlassen und nur die Hülle wäre zurückgeblieben.

Thomas nahm Joel's Hand in die seine, streichelte sie und sagte, dass ihm alles unendlich leid täte und dass er immer für ihn da sein würde. Plötzlich spürte Thomas, wie Joel seine Hand drückte. Obwohl Joel wahrscheinlich nur wenig wahrnahm, hatte es den Anschein, dass er spürte, wer bei ihm war. Dieses Zeichen löste in Thomas einerseits Freude aber andererseits auch tiefe Trauer aus. Er konnte seine Tränen nicht länger zurückhalten und weinte wie ein Schlosshund. Nach wenigen Minuten öffnete sich die

Zimmertüre und die Krankenschwester kam ins Zimmer. „Herr L., ist mit ihnen alles in Ordnung? Ich denke, es ist das Beste, sie gehen jetzt. Es ist für sie und vor allem für Joel nicht gut, wenn sie sich so quälen ..." „Ist in Ordnung", schluchzte Thomas. „Ich sehe ein, dass es das Beste ist, wenn ich wieder gehe ..." Die Krankenschwester fragte Thomas noch, ob sie etwas für ihn tun könne, doch Thomas wollte nur so schnell wie möglich wieder zurück in seine Klinik fahren. Er stieg in eines der Taxis, die im Vorhof der Klinik standen und auf Fahrgäste warteten und sagte dem Fahrer, wohin er ihn bringen sollte. Die ganze Fahrt über saß Thomas nur da, weinte still vor sich hin und sprach kein Wort. Dem Taxifahrer war es nicht fremd, weinende Fahrgäste zu transportieren und er stellte daher auch keine dummen Fragen. Er steuerte nur wortlos das Fahrzeug an das Ziel, welches ihm Thomas genannt hatte.

Als Thomas wieder auf seiner Station angekommen war, wollte er erst mit niemandem reden und niemanden um sich herum haben, deshalb ging er, nachdem er sich im Stationszimmer wieder angemeldet hatte auf sein Einzelzimmer.

Im Laufe der nächsten 6 Wochen verbesserte sich Joel's Zustand langsam aber sicher immer mehr. Seine Oma war gegen Ende dieser Wochen fast täglich bei ihm und saß an seinem Bett. Auch seine Onkel und andere Verwandten kamen ab und zu mit Inge vorbei, um sich von seiner langsamen Genesung zu überzeugen. Auch Thomas kam ab und zu vorbei, um zu sehen, wie sein Sohn Stück für Stück wieder den Weg zurück ins Leben ging. Joel wachte zwar nur langsam aus dem Koma auf und begann die Welt wieder mehr und mehr wahrzunehmen, aber das war in den Augen der behandelnden Ärzte das Beste. Wäre Joel zu schnell wieder zu sich gekommen, bestand die Gefahr, dass diese plötzliche Veränderung eventuell zu viel für sein Gehirn wäre und sie wollten nicht das Risiko eingehen, dass er womöglich noch größere Schäden davon trug.

Sein Onkel Gerd brachte eines Tages einen Walkman mit ins Krankenhaus, setzte Joel den Kopfhörer auf und ließ das Band, welches Lieder von der Sängerin Nena abspielte laufen. Nach einigen Minuten, in denen das Band lief, hob Joel seinen Arm und zeigte den anwesenden Personen somit, dass er die Musik wahrnahm und sie ihm wahrscheinlich gefiel. Sein Onkel, samt Frau und Kindern und seine Oma waren die glücklichen Zeugen dieser ersten wirklichen Reaktion, die Joel von sich gab und damit zeigte, dass er zurück im Leben war. Sie waren überglücklich und konnten es kaum fassen. Das, was sie da erlebt hatten, sorgte in den nächsten Tagen für genug Gesprächsstoff zwischen ihnen und ihren Freunden und den Personen, die Joel von klein auf kannten. Mit jedem weiteren Besuch, den sie bei ihm hatten, beobachteten sie aufmerksam und überglücklich, wie Joel immer mehr zu sich kam. Einige Wochen später brachte Joel die ersten lallenden und tonlos monotonen Worte aus sich heraus. Ab diesem Zeitpunkt waren alle davon überzeugt, dass er das schlimmste hinter sich hatte und auf dem Weg der Besserung war. Zwar war Joel's Welt, in der er lebte, die er wahrnahm, noch von einer Art Schleier überzogen doch er nahm, wenn auch nur im Dämmerzustand, wieder am Leben teil.

Wahrscheinlich blendete er vieles, was er wahrnahm, noch aus aber einiges behielt er in seiner Erinnerung. Zum Beispiel erinnerte er sich später daran, wie er eines Tages von einem Krankenpfleger namens Jürgen zum Baden abgeholt wurde und das Wasser, mit dem ihn Jürgen abduschte, so kalt war, dass er anfing zu schreien. Sein Gehirn merkte sich ganz genau das Geräusch des Wagens, den Jürgen immer vor sich herschob und jedes Mal, wenn er diesen Wagen rollen hörte, bekam er Angst, weil sein Gehirn ihn an dieses Erlebnis erinnerte und sofort dieses Bild dieses Vorfalls wieder hervorrief.

Ein anderes verschwommenes Bild, an welches er sich noch Jahrzehnte danach erinnerte, war, wie sein Bruder Sven mit zwei seiner Freunde zu Besuch bei ihm war und Sven Scherze, wie zum Beispiel „Joel komm, jetzt schmeißen wir den Dennis aus dem Fenster…." machte. Oder wie ihn sein Onkel Gerd auf dem Arm durch die Station, auf der er lag, trug und ihm zeigte, welche Bilder die anderen Kindern alles gemalt hatten und die von den Krankenschwestern an die kahlen Wände und Fenster geklebt waren. Es gab unzählige dieser verschwommenen Bilder, die hinter einem Schleier lagen…

Steiniger Weg

Joel lag in einem Krankenwagen und sah das verschwommene Bild seiner Mutter, die neben ihm saß und seine Hand hielt. Der Krankenwagen fuhr auf der Autobahn und war auf dem Weg zu einer Reha-Klinik, in welcher Joel schon erwartet wurde. In den Tagen zuvor war der Chefarzt der Reha-Klinik zu Besuch in dem Krankenhaus, in welchem Joel lag und hatte gesagt, dass er diesen Jungen gerne in seiner Klinik aufnehmen wolle, weil er davon überzeugt war, dass die Pädagogen seiner Anstalt etwas aus ihm machen könnten…

Behutsam fuhren sie durch die engen Gassen des Klinikgeländes, bis sie zu einem Haus kamen, in dem nur Kinder untergebracht waren. Sie hielten auf dem großen kreisförmigem Vorplatz des Gebäudes. Der Fahrer des Krankenwagens stieg aus, ging in das Gebäude und kam einige Minuten später in Begleitung einer Krankenschwester wieder zurück. Die Sanitäter baten Monika aus dem Fahrzeug auszusteigen, sodass die zwei Herren, die Krankenschwester und Monika neben dem Krankenwagen standen, wo sie die Übergabe Joel´s besprachen. „Ihr Sohn wird bei uns in besten Händen, Fr. Leibnizer. Das kann ich Ihnen versichern", sagte die freundliche Krankenschwester des Hauses. „Unsere Klinik hat einen guten Ruf. Die Therapeuten haben zumeist langjährige Berufserfahrung und stellen sich individuell auf jeden einzelnen Patienten ein. Bei uns wird nicht nach einem vorgegebenen Programm gearbeitet, in welchem vorgeschrieben wird, wie schnell das Kind etwas lernen muss, sondern bei uns bestimmt er, wie und wann er etwas lernen will bzw. kann … Wir sind daran interessiert, Ihrem Sohn den Aufenthalt bei uns möglichst angenehm zu machen, damit er auch Zeit hat, sich zu entfalten und Spaß am Leben und am Lernen hat …" „Ja, das hört sich für mich sehr gut an", erwiderte Joel´s Mutter. „Ich denke, hier wird sich Joel sehr wohlfühlen. So schön viel Grün ringsherum, gute Luft und das Gelände macht auf mich einen gepflegten Eindruck ..." Monika freute sich zutiefst, dass gerade ihr Sohn in diese Klinik kam und hier alles neu lernen sollte. Sie war überzeugt davon, dass es Joel schaffen würde, wieder zurück ins Leben zu kommen. Die Sanitäter zogen das Bett, auf dem Joel lag aus dem Krankenwagen und schoben es in Begleitung der Krankenschwester und Monika, die Joel's Hand hielt, in das Haus, hinein in den Aufzug. Oben angekommen standen sie auf einem breiten Gang. „Bei uns im Haus sind die ‚kleinen' Patienten in vier verschiedenen Gruppen, die durch Farben gekennzeichnet sind untergebracht. Wir haben, hier links, eine blaue, dort drüben eine gelbe, nebenan eine rote und dort hinten eine grüne Gruppe." Der Finger der Krankenschwester wanderte von links nach rechts und zeigte jeweils auf die Eingangstüre der Gruppen, welche die genannten Farben hatte. „Joel wird in der roten Gruppe unter der Leitung von Frau Frosch untergebracht. Frau Frosch ist ein Urgestein unseres Hauses. Sie ist schon seit ca. 10 Jahren bei uns im Dienst und versteht es, sich um ihre Schützlinge zu kümmern..." Die Krankenschwester ging in Richtung der roten Türe, gefolgt von den Sanitätern, von denen einer das Bett schob und Monika die neben dem

Bett herlief und Joel´s Hand hielt. Joel selbst reagierte nicht wirklich auf das was geschah. Er merkte nur, wie das Bett geschoben wurde und hörte schwach die Stimmen von Kindern, welche durch das Haus tobten oder an ihm vorbeiliefen. In der roten Gruppe angelangt, wartete schon Frau Frosch, eine Dame mittleren Alters, etwas stabil aber nicht dick gebaut und mit kurzem grauen Haar, auf das Eintreffen des Jungen. Höflich, wie es ihre Art war, begrüßte Frau Frosch Monika, die Sanitäter und zuletzt Joel. Sie beugte sich über das Krankenbett, gab ihm die Hand und redete mit ihm, wie mit einem kleinen Kind. „Ja, hallo. Wen haben wir denn da? Einen so netten kleinen Jungen..." Frau Frosch bot Monika und die Sanitäter eine Tasse Kaffee an, welche sie nach der anstrengenden Fahrt alle gut gebrauchen konnten. Die Sanitäter übergaben Frau Frosch die letzten Unterlagen von Joel und schmissen mit Fachbegriffen um sich, welche für Monika unverständlich waren. Nach der Tasse Kaffee bat Frau Frosch Monika höflich, sie möge mit ihr in Joel´s Zimmer kommen, in das Joel mit dem Bett gebracht wurde und anschließend mit einem gekonnten Griff von Frau Frosch in ein normales Bett gehoben wurde. Sie sagte Monika, dass sie ihren Sohn, wenn sie wollte, jedes Wochenende besuchen könnte und ließ sich von ihr noch Einzelheiten und Angewohnheiten von Joel sagen. Dann war die Zeit des Abschieds gekommen und obwohl Monika wusste, dass ihr Sohn in guten Händen war, fiel es ihr schwer, sich von ihm zu trennen. Mit Tränen in den Augen gab sie ihm einen letzten Kuss auf die Wange und streichelte ihm noch einmal über den Kopf. Dann verließ sie das Zimmer und ging mit den Sanitätern zurück zu dem Krankenwagen, wo sie das Krankenbett wieder hineinschoben und sich auf den Heimweg machten.

Joel lag in seinem Bett und nahm das Dreibettzimmer so gut er konnte in Augenschein. An den Seitenwänden hingen über den Betten Korkwände, an denen die Kinder Poster, Bilder und ähnliches aufhängen konnten. An der Stirnseite der Betten war eine Leiste mit Neonlicht-röhren angebracht, die einzeln von dem jeweiligen Bett aus ein- oder ausgeschaltet werden konnten. Direkt über dem Nachttischschränkchen, welche neben den Betten standen, waren die Lichtschalter für die Nachtlichter und daneben ein roter Knopf, auf dem eine Dame abgebildet war, mit welchem der Patient die Schwester rufen konnte, wenn ihm etwas fehlte oder es ihm nicht gut ging. Die restliche Wand der Stirnseite über den Nachtlichtern war ebenfalls mit Kork versehen und gab den Kindern nochmals die Möglichkeit etwas daran zu befestigen. In der Ecke neben dem Fenster stand ein viereckiger Tisch mit einer grünfarbenen marmorierten Oberfläche und drei Stühlen. Neben dem Fenster war ein Kippschalter, der für das Öffnen oder schließen der automatischen Jalousien zuständig war. Draußen, direkt vor dem Fenster, war der Spielplatz, der zu dem Kinderhaus gehörte. Am unteren Ende war ein kleiner Verkehrsplatz, auf dem die Kinder mit Fahrrädern, Kettcars, Rollschuhen oder was auch immer fahren konnten. An der Seite, wo der Zaun stand, war ein langgezogener Hügel, der mit einer Wiese und einigen Bäumen bepflanzt war. Von der Spitze des Hügels führte eine wellenförmige Rutsche in einen kleinen Sandkasten. Neben dem Hügel war ein großer Sandkasten mit einem großen fest installierten Sonnenschirm. Hier konnten die Kinder wild toben oder sich im Sommer auf die große Wiese legen und einfach die Sonne genießen.

An diesem ersten Abend setzte ihn Frau Frosch in einen kleinen Stuhl, der wie ein Bürostuhl auf Rollen stand, und platzierte diesen an einem der zwei langen Tischreihen, an denen die Kinder und das Pflegepersonal saßen und die Mahlzeiten zu sich nahmen. Anschließend nahm Joel noch an dem abendlichen Gruppenleben teil, welches daraus bestand, dass die Kinder in der Sitzecke saßen und Puzzle machten, etwas lasen usw. oder einfach nur miteinander redeten. Mache Kinder saßen auf dem Boden, spielten mit Autos, bauten mit Holzsteinen etwas oder taten irgendetwas anderes. Für Joel war es egal, was sie taten. Er war sowieso noch nicht ganz bei Bewusstsein. Da hätte selbst der Papst kommen können, ihm wäre es egal gewesen, zumal er nicht wusste, wer oder was der Papst ist und welche Funktion er hatte.

In den ersten Wochen hatte Joel noch keine Anwendungen, da er sich erst mal in Ruhe an seine neue Umgebung gewöhnen und sein Bewusstsein voll zurückkommen sollte. Wenn es die Zeit zuließ und das Personal nichts anderes zu tun hatte, schoben sie Joel in einem Rollstuhl, in dem er zu ertrinken schien, durch das Haus und zeigten ihm die einzelnen Gruppen, welche alle aus zwei Vierbett- und einem Dreibettzimmer, einem Badezimmer, einem großen Aufenthaltsraum, in dem auch gegessen wurde und einer kleinen Küche bestanden. Oder sie schoben ihn durch den schönen Spielplatz direkt neben dem Haus und genossen, wenn möglich, die Sonne. Im Haus stand in einer Ecke ein Tischfußball und als „Highlight" gab es eine große Rutsche, auf der die Kinder hinunter in das Erdgeschoss rutschen konnten und dort auf einer großen und weichen blauen Matte ankamen. Hellen, eine schottische Schönheit mit langen schwarzem Haaren, einem knackigen Hintern und schönen Brüsten, hatte Frühschicht. Nachdem alle anderen Kinder in der Schule waren oder irgendwelche Anwendungen hatten, setzte sie Joel in den Rollstuhl und zog ihm eine Jacke an. Sie fuhr mit ihm den Fahrstuhl hinunter und schob ihn die Haupteingangstüre hinaus. Draußen lachte die Sonne vom Himmel und doch war es noch etwas frisch. Aber das war eigentlich klar, da bis vor zwei oder drei Wochen noch Schnee lag. Sie schob ihn gemütlich durch das Gelände und erklärte ihm, wofür jedes

Gebäude da war. Sie standen vor einem großen Gebäude, mit 3 Etagen und Hellen sagte ihm: „Hier ist die Schule, in die die Kinder und Jugendlichen gehen. Im Erdgeschoss befindet sich eine Cafeteria, in die der Besuch gehen und eine kleine Stärkung oder nur Kaffee und Kuchen zu sich nehmen kann. Im 1. und 2. Stockwerk befinden sich die Klassenräume. Hinter ihnen war ein Haus mit zwei Stockwerken, welches, wie Joel erfuhr, für die jugendlichen Patienten der Klinik war. Auf einem Schild vor dem Haus stand ein dickes **D**. Leicht versetzt schräg gegenüber stand nochmal so ein Haus für Jugendliche, welches den Buchstaben **C** trug. Sie gingen weiter und kamen an ein langgezogenes, flaches Gebäude und Hellen erklärte, dass darin die Verwaltung, die Küche, die alle Häuser belieferte, und die Büros der Chefärzte seien. Daneben war wieder ein großes Gebäude, wie die Schule, wo die Jugendlichen und älteren Patienten ihre Anwendungen hatten. Dann gab es noch ein Gebäude mit einem hohen Schornstein, in welchem sich ein Schwimmbad und die Wäscherei der Klinik befanden. Die Wäscherei hatte die schwere Aufgabe, die Wäsche der ganzen Patienten zu waschen und die Kleidungsstücke, von denen jedes einzelne einen Zettel mit aufgedrucktem Namen des Besitzers trug, nach dem Waschen wieder schön säuberlich zusammen zulegen und es dann dem richtigen Patienten in den richtigen Wagen für das Haus, in dem der Patient sich befand zu legen. Bei ca. 200 bis 250 Patienten war das keine leichte Aufgabe und manchmal kam es vor, dass ein Patient die Socken oder Unterhosen ect. eines anderen Patienten in seinem Fach fand, was natürlich dann sofort durch das Pflegepersonal wieder ins Reine gebracht wurde.

Nach einer guten halben Stunde waren sie mit dem Rundgang durch das Klinikgelände fertig und kamen wieder auf ihrer Station an. Nun war es fast schon an der Zeit, Mittag zu essen und die ersten Kinder kamen von der Schule und belebten die zuvor fast ausgestorbene Gruppe wieder. Die Kinder, die Tischdienst hatten, deckten die Tische mit Tellern, Besteck und Bechern. Dann brachte ein Mitarbeiter der Küche auch schon den Wärmewagen, in dem das Essen untergebracht war und warm gehalten wurde. Erst wenn alle Gruppenmitglieder am Tisch saßen, an jedem Platz war mit farbigen Buchstaben der Name des Kindes, welches dort saß aufgeklebt, verteilte einer der Pflegekräfte das Essen. An diesem Tag gab es eines von Joel's Lieblingsessen. Käsespätzle mit Röstzwiebel und brauner Soße. Durch den kleinen Ausflug, den er mit Hellen unternommen hatte, hatte er einen Bärenhunger. Hellen saß neben ihm und gab ihm, wenn er seinen Mund geleert hatte, eine neue Portion zu kauen. Nach dem Essen gingen die Kinder ihre Zähne putzen und danach mussten sie in ihre Zimmer, um eine Mittagsruhe abzuhalten. Joel wurde von Hellen in sein Bett gelegt und schlief rasch ein. Die frische Luft hatte ihn nicht nur hungrig, sondern auch müde gemacht.

Nach 2 Wochen war Joel´s Schonzeit vorbei und er bekam seine erste grüne Therapiekarte, auf der stand, wann er wo eine Anwendung hatte. Nun war es an der Zeit, dass er lernen musste, sich zu bewegen und besser sprechen zu können. Er musste noch von den Krankenschwestern überall hingebracht und wieder abgeholt werden, weil er es nicht allein schaffte, seinen Rollstuhl, der inzwischen durch einen für ihn passenden ausgetauscht wurde, zu bewegen aber das war ihre Arbeit und damit verdienten sie ihr Geld.

Herr Otto, ein mittelgroßer gut gebauter Mann mit Vollbart, war einer der leitenden Personen der Gruppe, direkt neben Frau Frosch. Er hatte an diesem Tag Dienst und brachte Joel zu seiner ersten Stunde Krankengymnastik. „Hier haben wir Joel, Frau Maler", sagte er zu der Krankengymnastiklehrerin, bei der Joel seine Therapie machen sollte. „Joel kam vor gut 2 Wochen nach einem längeren Krankenaufenthalt zu uns und soll hier nun wieder auf Vordermann gebracht werden..." Herr Otto erzählte in wenigen Worten, in einer abgespeckten Kurzversion, Yvonne Joel´s ganze Geschichte und sie war davon sehr berührt. Nachdem Herr Otto wieder gegangen war und Joel bei Yvonne gelassen hatte, schob sie ihn an eine elektronisch höhenverstellbare Bank, setzen sich darauf, zog den Rollstuhl näher heran, dass sie ihm ins Gesicht schauen konnte und sagte zu ihm: „So Joel, das ist ja echt schlimm, was mit Dir passiert, ist aber wir werden das schon wieder schaffen und ich glaube, Du bist bald nicht mehr auf diesen Rollstuhl angewiesen. Natürlich musst Du auch etwas dazu tun aber ich bin fest davon überzeugt, dass Du das schafft..." Joel antwortete mit seinem monotonen lallen: „Sicher... Ich will aus diesem scheiß Teil wieder raus und wieder normal laufen können..." „Das wirst Du bestimmt", versicherte Yvonne. Sie stand von der Bank auf, klappte die Fußstützen an dem Rollstuhl zur Seite weg, stellte Joel's Füße auf den Boden, fasste ihm unter die Schultern, zog ihn vorsichtig nach oben, drehte sich mit ihm um 180 Grad und setzte ihn auf die Bank. Sofort geriet Joel ins Schwanken, da seine Muskeln noch nicht stark genug waren, seinen Körper ohne Hilfe einer Lehne oder ähnlichem aufrecht zu halten und Yvonne ließ seinen Oberkörper behutsam auf die Bank nieder. „Dann wollen wir erst mal sehen, wie es um Deine Muskulatur in Deinen Beinen steht, Joel." Sie wusste zwar, dass sich die Muskeln nach dieser langen Zeit ohne Bewegung zurückgebildet haben mussten, aber das wollte sie Joel so nicht sagen. Sie griff sein rechtes Bein unten am Knöchel, drückte die Wade in Richtung Joel, also von sich weg und hielt diese Position etwa 10 bis 15 Sekunden. Dann zog sie die Wade in ihre Richtung und begann den Fuß in die Höhe zu manövrieren. Dabei spürte Joel ein starkes Ziehen in der Wade, verzog schmerzverzerrt das Gesicht und wollte sich mit seinem Oberkörper wegdrehen, um den Schmerz erträglicher werden zu lassen. „O.k. Das habe ich mir fast gedacht", sagte Yvonne mit einem Grinsen im Gesicht. „Da müssen wir eine Menge dehnen, Joel..." Dasselbe Spiel machte sie mit dem linken Fuß, dann war sie der Meinung, dass es für die erste Stunde genug war, ging zu dem Telefon, welches im Raum an der Wand hing und rief auf Joel´s Gruppe an, um Herrn Otto zu bitten, er möge Joel wieder abholen. Da die Gruppe nur ein Stockwerk hoher war, war Herr Otto schnell da und fragte: „Na Joel, wie hat Dir die erste Stunde bei dieser charmanten Frau gefallen?" Joel begann leicht zu grinsen und teilte mit, dass er Yvonne sehr nett fand und er sich schon auf die weitere Arbeit mit ihr freute. Yvonnes Gesicht errötete leicht und der Ausdruck von Verlegenheit machte sich deutlich bemerkbar. „Ich freue mich ebenfalls, mit Dir weiter arbeiten zu dürfen, Joel. Passen sie gut auf diesen jungen, netten Mann auf, Herr Otto."

Im ganzen Haus roch es lecker nach Essen, als Herr Otto Joel zu dem Aufzug schob und sie sich auf den Weg in die rote Gruppe machten, in der Joel untergebracht war und seinen Aufenthalt in dem Haus verbringen sollte. Der Wagen, in dem das Essen stand und warm gehalten wurde, stand schon neben den gedeckten Tischen und die Kinder saßen alle schon da und warteten nur noch darauf, dass Herr Otto mit Joel kommen würde, damit sie zu essen beginnen konnten. Herr Otto schob Joel mit dem Rollstuhl an seinen Sitzplatz und zog die Bremsen des Rollstuhls fest. Dann verteilte er das Essen. Als sie alle gegessen und ihre Zähne geputzt hatten, gingen alle Kinder auf ihre Zimmer, um die obligatorische Mittagsruhe abzuhalten. Joel wurde wieder in sein Bett gelegt. Anfangs konnte er das Gespräch zwischen Norman und Christian noch hören doch nach wenigen Minuten überkam ihn die Müdigkeit und er schlief ein.

Nachmittags hatte Joel noch einen Termin bei seiner Ergotherapeutin, zu welchen ihn Frau Frosch brachte. Frau Löffel, eine junge, kleine, stämmige Frau mit kurzem blondem Haar, erwartete Joel schon gespannt. Sie war gespannt, was sie erwarten würde, da ihr Yvonne schon in der Mittagspause beim Essen in der Cafeteria, wo die Therapeuten und Lehrer und sonstige Angestellte ihr Essen zu sich nehmen konnten, von Joel erzählt hatte und ihr sagte, welch ein netter Junge er war und dass sie glaubte, er wolle es wirklich schaffen, wieder auf die Beine zu kommen. Selbstverständlich hatte Yvonne Birgit keine persönlichen Daten von Joel weitergegeben und dachte, es wäre wohl besser, einer der Pfleger oder Krankenschwestern würden ihr Joel´s Unfallgeschichte erzählen. Frau Frosch erzählte Birgit Joel´s Geschichte zwar mit anderen Worten, als Herr Otto aber die Geschichte war dieselbe und Joel fragte sich, ob es wirklich er war, der diesen schlimmen Verkehrsunfall hatte. Vielleicht war das alles, der Unfall, das Koma und diese vernebelte Bilder ja alles nur ein Traum und er müsse nur aufwachen und alles wäre wieder wie an dem Tag zuvor. Wie an dem Tag, bevor der Unfall passiert war, der Tag, an den er sich nicht mehr erinnern konnte, dachte er sich, während Frau Frosch die Geschichte erzählte. Aber es war kein Traum. Joel saß in

seinem Rollstuhl an einem Tisch, neben ihm Frau Frosch, die vom Alter her seine Mutter hätte sein können und ihnen gegenüber Birgit. Joel sah die Wandschränke, in denen Papier lag und Dosen mit Stiften standen und roch den dezenten Geruch von Farbe und Kleber, er spürte seinen linken Arm an seinem Körper und wie die Hand zu einer verkrampften Faust geschlossen war, also konnte es wirklich kein Traum sein, so sehr er sich es auch wünschte. Alles war real und die Geschichte musste so sein, wie sie Herr Otto Yvonne und Frau Frosch Birgit erzählt hatte. Birgit wand sich Joel wieder zu, nachdem sie Frau Frosch verabschiedet hatte und sagte zu ihm: „Na gut. Wie ich schon gehört habe, bist Du ein Kämpfer und möchtest diese Klinik auf Deinen Beinen wieder verlassen. Ich werde mein Bestes dazutun und versuche Dir zu helfen, dass Du Deine linke Hand auch wieder möglichst gut einsetzen kannst."
„Das werde ich bestimmt", antwortete Joel fest entschlossen und in seinen Augen sah Birgit feste Entschlossenheit und einen starken Willen. Vorsichtig nahm sie seinen linken Arm mit einer Hand am Ellenbogen und der anderen an der Faust und streckte ihn ebenso vorsichtig. Sie wollte ihm keinesfalls weh tun und fragte ihn, ob es ging und obwohl es Joel etwas weh tat, den Arm zu strecken, versuchte er, es sich nicht anmerken zu lassen,

da er stark sein wollte, aber Birgit sah ihm schon an, dass es wohl etwas schmerzhaft war, je weiter sie den Arm zu strecken versuchte und sagte zu ihm, als der Arm ca. zur Hälfte gestreckt war: „In Ordnung, Joel. Die Muskeln in Deinem Arm sind sehr verspannt bzw. verkürzt. Dies bedeutet, wir müssen sie oft und ausgiebig dehnen, damit sie wieder etwas in die Länge gezogen werden. Zunächst möchte ich gern Dein Gefühl in Deinem Arm testen, um festzustellen, wie es darum steht." Sie griff zu einer Schale, welche direkt auf dem Tisch neben ihr stand, ging mit ihr zum Waschbecken, füllte sie ungefähr bis zur Hälfte mit kaltem Wasser und warf Eiswürfel aus dem Kühlschrank, der unter dem Waschbecken stand, hinein. Die Schüssel mit dem Eiswasser stellte sie vor Joel auf den Tisch, nahm vorsichtig wieder seinen linken Arm und drückte behutsam seine Fast in das eisig kalte Wasser. „Mensch ... Ist das kalt", schrie Joel sofort und verzog sein Gesicht. Die Muskulatur in seinem Arm verkrampfte sich noch mehr, als sie sowieso schon war und Birgit schaffte es nicht, seine Hand zu öffnen, was ihr aber eigentlich schon klar war. Dann legte sie ein Wärmekissen um Joel´s linken Unterarm und langsam begannen sich die Muskeln wieder zu entspannen und wurden lockerer. Auch wenn sich die Muskulatur durch die Wirkung der Wärme wieder lockerte, war es nicht möglich die Faust zu öffnen. Die gewohnte Haltung der letzten Wochen hatte sich einfach so eingefahren, dass es nicht möglich war sie so schnell wieder zu lösen. Birgit beließ es für die erste Therapiestunde mit Joel dabei und bestellte Frau Frosch zu sich, damit sie Joel wieder abholte.

Am nächsten Morgen nach dem Frühstück hatte Joel den ersten Termin bei Herrn Hopp, der der zuständige Psychologe für die rote Gruppe war. Herr Hopp war ein etwas kleingewachsener Mann mit schwarzem Haar, einem Vollbart und einer Rechteckigen Brille. Er saß hinter seinem Schreibtisch vor seinem PC, der an der langen Seitenwand des länglich gezogenen Raumes stand und hatte ein freundliches Grinsen im Gesicht, als Brigitte, eine der Krankenschwestern der roten Gruppe Joel in seinem Rollstuhl durch die Tür schob und Herrn Hopp Joel vorstellte. Herr Hopp hatte eine warme und herzliche Stimme und sagte zu Joel: „So Joel, ich bin dein Psychotherapeut hier in der Klinik und werde mit dir Tests durchführen. Wir werden aber auch therapeutische Einzelgespräche führen und deinen Unfall, der bestimmt ein einschneidendes Erlebnis in deinem noch jungen Leben war, aufarbeiten.... also eine Mischung aus beidem, sozusagen." Als Erstes sollte Joel Herrn Hopp sagen, welche Lieblingsfarbe er hatte usw. Psychologen reimen sich auf so was immer die schönsten Geschichten zusammen und können allein anhand der Lieblingsfarbe etwas über die Persönlichkeit und die Gedanken ihrer Patienten erahnen....

Für die weitere Therapie waren Tests zu Reaktionsfähigkeiten und dem Gedächtnis vorgesehen. Der bestand darin, dass er vor einem Computer saß, auf dessen Monitor abwechselnd Kreise, Vierecke, Dreiecke und Punkte auftauchten, denen jeweils eine Taste zugeordnet waren und die zu testende Person immer die richtige Taste drücken musste. Erst am Ende des Tests zeigte das Ergebnis, wie oft er die richtige und die falschen Tasten gedrückt hatte. Dieser Test zeigte sowohl die Reaktion, als auch das Erinnerungsvermögen.

Joel blickte auf, als er Hellen´s Stimme sagen hört: „Joel, hier ist Besuch für Dich." Er spielte gerade im Sandkasten, bis Hellen in Begleitung von Thomas, Gerd, Inge und Hans zu ihm hinauskam. Thomas hatte lange sehnsüchtig darauf gewartet seinen Sohn wiederzusehen. Hellen half ihm in seinen Rollstuhl und schob ihn zu Thomas. Auch wenn Joel die Personen, die da vor ihm standen, nicht sofort zuordnen konnte, merkte er, dass eine enge Bindung zwischen ihm und ihnen bestand. Thomas hatte Tränen in den Augen, als er Joel umarmte und mit einem Kuss begrüßte. Inge und auch, Hans und Gerd mussten sich zusammenreißen, um nicht zu weinen. „Es tut mir alles so leid, mein Schatz", sagte Thomas immer wieder. „Es tut mir alles so leid … Ich wollte Dich nicht verletzen … Bitte glaub mir … Ich würde alles gern ungeschehen machen …" „Papa … Papa … Papa …" Joel war überglücklich seinen Vater nach so langer Zeit wiederzusehen und drückte ihn ganz fest an sich. Seine Großeltern und Gerd standen noch im Hintergrund. Sie wollten zuerst Thomas die Begrüßung überlassen, da er ja der Vater war. Nachdem Thomas Joel ausgiebig begrüßt und dabei viele Tränen vergossen hatte, kamen auch sie zu ihrem Enkel und Neffen an den Rollstuhl und begrüßten ihn. Nach diesem Ritual gingen sie alle in die rote Gruppe, um Hellen zu sagen, dass Sie in die

Cafeteria gehen wollten. Sie ließen sich von Joel durch das Klinikgelände bis zur Cafeteria führen. Thomas schob den Rollstuhl seines Sohnes. In der Cafeteria nahmen sie an einen runden Tisch Platz. Joel, daneben Thomas, dann Inge, neben ihr saß Hans und dann Gerd. Gerd stand nochmals auf, um ihnen Kaffee und Kuchen zu holen, da es in der Cafeteria keine Bedienung gab. Er kam mit einem Tablett auf dem fünf große Stücke Sahnetorte und fünf Portionen Kaffee standen zurück an den Tisch und stellte jedem von ihnen jeweils eine Tasse Kaffee und ein Stück Kuchen hin. Das Tablett stellte er auf den Tisch, um später nicht wieder ein frisches holen zu müssen, wenn er das Geschirr wieder abräumte. Thomas war überglücklich zu sehen, wie sich Joel in dieser relativ kurzen Zeit von diesem schweren Unfall und der schweren Kopfverletzung erholt und welch erstaunliche Fortschritte er gemacht hatte. Er hatte ihn ja nur dieses eine mal im Koma gesehen und hatte befürchtet, dass Joel schlimmere Folgen davon tragen musste. Er hätte es sich wohl nie verzeihen können, wenn Joel querschnittsgelähmt geworden und für immer an den Rollstuhl und auf die Hilfe anderer angewiesen wäre und nichts mehr allein hätte machen können. Dennoch quälten in selbstverständlicher weise auch jetzt, in Anbetracht der Situation, Selbstvorwürfe, weil es ihm unerklärlich war, wie er in dem Zustand, in dem er sich bei dem Unfall befunden hatte, seinen Sohn mit im Auto mitfahren ließ. Die Jahre vorher war zum Glück alles gut gegangen, wenn er sich stark alkoholisiert hinter das Steuer setzte und nicht mal im Traum hatte er daran gedacht, dass es ihm passieren könnte, einen Unfall zu verursachen. Aber welcher Alkoholiker denkt schon an so etwas? Für einen Menschen, der den Alkohol braucht, wird es irgendwann zu dem normalsten der Welt, unter Alkoholeinfluss zu fahren. Viele sind auch nicht mehr in der Lage, ein Fahrzeug ohne Alkohol zu führen. Thomas hielt Joel´s Hand immer fest in seiner und streichelte sie. Inge erzählte ihm, was in dem Ort, in dem er einen Großteil seiner Kindheit verbracht hatte, geschehen ist, was seine Freunde taten und wie es der Hündin ging, die Joel über alles liebte. Die Hündin, die auf den Namen Lassy hörte, war eine ganz besondere Hündin. Wenn das Gartentor offen war, ging sie allein spazieren und kam immer wieder zurück, wenn sie keine Lust mehr hatte auf den Feldern und Wiesen herumzustreunen. Jeden Tag, wenn Joel in dem Kindergarten unweit des Hauses seiner Großeltern war, saß Lassy vor dem Eingang des Gebäudes und wartete, bis Joel aus der Türe kam, um ihn dann zu begrüßen und mit ihm gemeinsam die wenigen Meter bis zu seinem Zuhause zu gehen. Immer wenn Joel bei seinen

Großeltern geschlafen hatte, hüpfte Lassy, sobald Joel im Bett lag und von seiner Oma liebevoll zugedeckt worden war ins Bett und nahm ihren Platz am Fußende des Bettes ein und blieb dort bis zum nächsten Morgen liegen. Man konnte meinen, dass sie Joel in der Nacht bewachen wollte. Lassy und Joel waren ein Herz und eine Seele. Wenn Joel mit Lassy spazieren ging, brauchte er keine Leine, da Lassy immer in seiner Nähe blieb, und aufs Wort hörte wenn er sie rief. Sobald sie sich aber dem Bach im Wald näherten, gab es für Lassy kein Halten mehr und sie sprang sofort ins Wasser und tobte darin herum. Lassy war eine echte Wasserratte. Joel musste dann nur schauen, dass er weit genug von ihr weg war, wenn sie wieder aus dem Wasser heraus kam, da er sonst eine Dusche bekam, wenn sie neben ihm stand und sich schüttelte. Auf dem Heimweg wälzte sich Lassy dann immer auf den Wiesen. Gerd erzähle Joel von seinen Besuchen im Krankenhaus bei ihm und wie er ihn durch die Gänge der Kinderstation getragen hatte und fragte ihn, ob er sich noch daran erinnern konnte, was Joel jedoch leider verneinen musste, da er kaum noch Erinnerungen an die Zeit des Komas bzw. das Wachkoma hatte.

Nach dem Kaffee und Kuchen beschlossen sie gemeinsam, dass Joel ihnen das Klinikgelände zeigen sollte. Gemütlich gingen sie nebeneinander durch das Gelände und ließen sich von Joel erklären, was in welchem Gebäude war. Joel war in den letzten Wochen schon oft durch das Gelände gegangen und hatte sich die Gebäude angeschaut. Nach diesem langen und ausgiebigen Spaziergang kamen sie zurück auf die rote Gruppe des Kinderhauses und Thomas sagte, dass sie langsam wieder fahren mussten, da es schon spät war. „Ich werde Dich aber alle 14 Tage besuchen kommen, Joel." Thomas hatte während diesen Worten Tränen in den Augen und musste sich beherrschen, nicht wie ein Schlosshund loszuheulen. Er war aber froh zu wissen, dass sein Sohn sich in den vergangenen Wochen und Monaten so gut gemacht hatte und dass er wusste, dass Joel in dieser Klinik so gut aufgehoben war und man sich gut um ihn kümmerte.

Sein Versprechen hielt Thomas ein und kam Joel jeden zweiten Sonntag in Begleitung von Familienmitglieder besuchen. Er brauchte nur immer einen Fahrer, da er seit dem Unfall keinen Führerschein mehr hatte, aber irgendjemand aus der Familie war immer bereit zu fahren. Schließlich wollten sie sich alle davon überzeugen, welche Fortschritte Joel machte und Zeugen seines Genesungsweges werden. Sie erzählten Joel immer, welch ein Schlitzohr er vor dem Unfall war, lachten mit ihm über seine Späße und Streiche, die er vor dem Unfall gemacht hatte und halfen ihm so, seine Erinnerung an die Jahre vor dem Koma zurückzubekommen. Auch, wenn sich Joel nicht an alles erinnern konnte und alles nur in einen Nebel lag. Seine Erinnerung war nur Bruchteilhaft und bestand nur aus verschwommenen Bildern. Es war, als wäre das, was er zuvor erlebt hatte nur wie ein Traum und aus einer nicht greifbaren Zeit.

Frau Pfeiffer war eine junge, schlanke, ziemliche große Frau, mit langen braunen Harren, mit Naturlocken und handgroßen Brüsten. Sie war die Lehrerin der Klasse, in welche Joel kommen und lernen sollte. Die Schulklassen waren sehr klein. Nur etwa vier bis sechs Schüler bildeten eine Klasse. Diese kleine Schülerzahl hatte den Hintergrund, dass sich die Lehrer für den einzelnen Schüler mehr Zeit nehmen konnten da sie durch den langen Aufenthalt im Krankenhaus einiges an Unterrichtsstoff verpasst hatten und diesen nun nachholen mussten. Die Lehrer waren stets darauf bedacht, ihren Schülern den Stoff langsam beizubringen und sie nicht zu sehr zu strapazieren. Alles sollte so ablaufen, dass der Patient in Ruhe wieder zu Kräften kommen konnte und der Weg der Genesung so angenehm wie möglich für ihn sein sollte. Der Unterricht war in Blöcke gestaffelt. Morgens hatte Joel zwei Stunden Mathematik und zwei Stunden Deutsch. Zweimal die Woche hatte er dann zusätzlich noch nachmittags jeweils eine Stunde Gemeinschaftskunde, andere Patienten, denen es schon besser ging, als ihm, z. B. Norman, hatten schon mehr Unterricht, da sie physisch und psychisch schon fitter waren.

Joel´s Klassenkameraden waren Jungs aus den anderen Gruppen. Es war Nico, ein kleiner schmächtiger Junge mit kurzem blondem Haar, der von Geburt an Spastiker war und seinen Aufenthalt in der Klinik genoss, um seine verkürzte Muskeln wieder geschmeidig zu machen und ihm damit wieder auf Vordermann zu bringen. Sven war klein, etwas pummelig, hatte kurze braune Haare, eine Brille mit runden Gläsern und war ebenfalls Spastiker. Sven konnte an einem Laufgerät, einem Rollator, laufen. Der Rollator war ein Gestell auf vier Rädern, von dem die obere Stange, an der er sich festhielt, so gebogen war, dass er praktisch in dem Gestell stand und ihn hinter sich herzog. Ben war ein lang gewachsener schlanker Junge, den alle nur Bohnenstange nannten. Ben hatte durch einen Badeunfall seine linke Wade verloren. Das fehlende Stück seines Beines war durch eine Prothese ersetzt. Er war das Mathematikgenie der Klasse. Keiner konnte ihm das Wasser reichen, wenn es um Kopfrechnen ging. Seine absolute Stärke war die Fünfer Reihe. Blitzschnell konnte er die richtige Antwort auf die Aufgaben sagen.

Joel hatte das Glück, dass durch die schwere Kopfverletzung, die er erlitt, nicht der Teil des Gehirns in Mitleidenschaft gezogen wurde, in dem das Wissen von Unterrichtsstoff gespeichert war. Er konnte sich zwar nicht an alles erinnern, was er in der Zeit vor seinem Unfall in der Schule gelernt hatte doch an die Grundrechenarten und dergleichen konnte er sich gut erinnern und musste nur den Staub abwischen und etwas lernen, um wieder in die Materie zu kommen.

Durch tägliches Training seiner Aussprache, Logopädie, lernte Joel mühsam aber mit eisernem Willen immer besser die Laute zu verständlichen Töne zu bringen. Das ständige üben vom Formen des Mundes und dem Umgang, die Luft richtig einzusetzen und zu dosieren, belohnte sich schon bald. Joel konnte sich schon nach wenigen Wochen klar äußern und ein gutes Gespräch führen. Auch, wenn seine Aussprache noch sehr monoton war. Das störte ihn wenig und er war auch bereit, weiterzutrainieren, bis er wieder normal sprechen konnte.

In der Schule machte er ebenfalls gute Fortschritte. Was ihm allerdings noch sehr zu schaffen machte, war die Psyche. Er konnte es nur schwer akzeptieren bzw. annehmen, dass er sich an sein bisheriges Leben kaum erinnern konnte und er jetzt ein neues Leben unter erschwerten Umständen leben sollte. Er hatte kaum Erinnerungen an die Zeit vor dem Unfall, so sehr er seinen Denkapparat auch anstrengte. Es waren nur verschwommene Bilder, ohne Zeit und Raum, ähnlich den Bildern von der Zeit im Aufwachkoma und Dämmerzustand und selbst jetzt schien es ihm noch, als würde er oft noch alles träumen. Dieses Ereignis, der Unfall, und die danach folgende Zeit, hatten ihre Spuren in Joel´s Seele hinterlassen und wahrscheinlich würden diese Wunden immer wieder aufgehen, wenn er daran erinnert wurde, was er alles durchgemacht hatte. Die Erinnerung musste er aber dauernd mit sich herumtragen, schließlich wurde er täglich daran erinnert.

Sie waren alle draußen auf dem Spielplatz. Joel, Norman, Sven, Nico und noch andere Kinder des Hauses, welche Joel aber nicht kannte. Hellen und eine Kollegin einer anderen Gruppe standen an den Straßen, die den Verkehrsplatz darstellen sollten und beobachteten, wie die Kinder mit den Fahrrädern und Kettcars umherfuhren und passten auf, dass ihnen nichts geschah. Joel saß in seinem Rollstuhl, der an der Seite stand und betrachtete ebenfalls, wie sich die Kinder Wettrennen leisteten, um herauszufinden, wer der bessere und schnellere Fahrer war. Er dachte sich, dass er wohl in wenigen Wochen oder Monaten auch wieder fit genug sein würde, um an diesen Rennen und dem ganzen teilnehmen zu können.

An diesem Tag schien die Sonne und es war angenehm warm. Joel betrachtete begeistert Hellen´s schwarzes Haar, das wunderschön in der Sonne glänzte. Die Kinder lachten und schrien vor Freude. Sie genossen die warmen Sonnenstrahlen. Doch plötzlich krachte es, Metall schlug auf den Boden auf und kratze auf ihm entlang. Nur einen kleinen Bruchteil einer Sekunde darauf folgte ein lauter Aufschrei: „Aua…. Auaaa, es tut so weh … Wie das Geheul einer Feuerwehrsirene erklang das laute Weinen von Ilona. Sie war ein mittelgroßes, etwas pummeliges Mädchen, die in ihren jungen Jahren schon einen leichten Schlaganfall durch ein Blutgerinnsel im Schädel hatte und dadurch halbseitig gelähmt war. Zudem hatte sie noch epileptische Anfälle, die in unregelmäßigen Abständen ausbrachen. Sofort rannten Hellen und ihre Kollegin zu dem am Boden liegenden und verletzten Mädchen und sahen nach, was genau passiert war. Ilona lag gekrümmt mit schmerzverzerrtem Gesicht auf dem Boden und hielt sich mit den Händen das linke Schienbein. Man konnte von Glück sprechen, dass sie einen Sturzhelm auf hatte, sonst hätte sie sich wahrscheinlich noch am Kopf verletzt, weil sie mit ihm auf den harten Boden geknallt war. Hellen beugte sich zu Ilona runter und fragte sie vorsichtig: „Ist alles in Ordnung, Ilona? Was ist denn passiert?" Die Frage, was passiert war, war eigentlich überflüssig denn es lag ganz klar auf der Hand, dass Ilona vom Fahrrad gestürzt war. „I... i... ich habe mein Gleichgewicht in der Kurve verloren...", schluchzte Ilona und nahm ihre Hand von ihrem Schienbein, damit Hellen die Schürfwunde, die etwas blutete, sehen konnte. „Das bekommen wir wieder hin...", sagte Hellen in ihrer beruhigenden Stimme zu Ilona. „Da machen wir im Stationszimmer ein bisschen Jod und ein Pflaster darauf und in ein paar Tagen wirst Du davon nichts mehr sehen." Sie griff Ilona unter die Schulter und half ihr aufzustehen. Iris, Hellen´s Kollegin brachte Ilona's Rollstuhl herbei und sagte den anderen Kindern, dass sie ihre Fahrzeuge in der Garage abstellen sollten, da sie wieder reingehen würden. Am Himmel zogen schon erste dunkle Wolken auf, die ankündigten, dass es wohl bald zu regnen beginnen konnte. Murrend und etwas traurig fuhren die anderen Kinder ihre Gefährte in die Garage und kamen zu Hellen und Iris gelaufen. Sie versuchten noch mit Worten den Gewinner ihres Rennens zu ermitteln und jeder wollte der beste Fahrer sein, auch wenn es letztendlich keinen Gewinner gab, weil sie ihr Rennen abbrechen mussten. Sie gingen bzw. fuhren alle wieder den Steinweg , der zu dem Hauseingang führte. Hellen und Ilona gingen in das Stationszimmer, in dem die Krankenschwestern immer saßen und auch ihren Nachtdienst verbrachten. Hier wurden die ganzen Akten der Kinder gelagert, die als Patienten in dem Haus waren und der ganze Schreibkram erledigt. In einem Nebenzimmer war der Raum zum Verarzten der kleinen Patienten. Dort setzte sich Ilona auf die Liege und Hellen kramte pfeifend in den Schränken und Schubladen, bis sie gefunden hatte, was sie suchte. „Jetzt wird es etwas brennen...", sagte Hellen, als sie Ilona etwas von dem Jod auf die Wunde tröpfelte. Ilona verzog das Gesicht und schrie kurz auf: „Aua... Muss das denn sein?" „Ist schon vorbei", sagte Hellen mit einem Lächeln im Gesicht und klebte ein Pflaster auf die Wunde. „Das hast Du fein gemacht, meine kleine Heldin..." Sie gingen zurück in die rote Gruppe, wobei Hellen Ilona stützte und Ilona setzte sich in den großen Aufenthaltsraum, wo schon Maik, ein großer schlanker Junge mit schwarzem Haar saß und ein Puzzle machte. Es war Maiks Lieblingsbeschäftigung,

Puzzle zu machen. Es hat etwas Beruhigendes an sich, wenn man sich auf ein Puzzle konzentriert und das gefiel Maik. Er war sowieso ein sehr ruhiger Mensch, was aber auch daran lag, dass er alles nur sehr langsam machen konnte, obwohl er geistig fit war.

Am selben Abend beim Abendessen brüstete sich Ilona mit stolz geschwellter Brust bei den Gruppenkameraden, die an diesem Nachmittag nicht mit im Garten waren, damit, wie heldenhaft sie den Sturz überstanden und anschließend die Versorgung der Wunde mit Jod über sich hat ergehen lassen. Sie kam sich bei ihren Erzählungen wie eine Heldin vor und die anderen Kinder bewunderten sie einerseits für ihre Tapferkeit, was sie stolz werden ließ.

„So ist es gut Joel…. Halte dich gut fest", sagte Yvonne zu ihm, als er noch etwas wacklig auf den Beinen zwischen dem Barren stand. In den letzten 3–4 Monaten hatte es Joel wahrhaftig geschafft, soweit zu kommen, dass er mit einer Stütze schon etwas stehen konnte. Yvonne sagte ihm zwar immer wieder, er solle langsam tun und nichts überstürzen doch Joel´s Willen, wieder auf die Beine zu kommen, konnte sie nicht brechen und ihre Aufforderungen zu warten, bis sie ihm bei gegebener Zeit alles langsam beibringen würde, schienen an Joel wie Rauch vorbeizuziehen. Immer wieder fuhr er mit seinem Rollstuhl, den er mittlerweile selbst durch seinen rechten Fuß und seiner rechten Hand steuerte an das Geländer i

m Haus, stellte die Bremsen fest, griff mit seiner rechten Hand an das grüne Metall und zog sich auf die Beine. Leider konnte er nur wenige Minuten so stehen und schaffte es nicht, den einen Fuß vor den anderen zu setzen. Irgendwann, so dachte er sich, würde er es aber schaffen und so versuchte er es täglich. Immer wieder aufstehen, ein wenig stehen bleiben, damit sich seine dünne Beine wieder an die Belastung gewöhnen konnten und dann wieder in den Rollstuhl. Er musste sich, auch wenn es ihm schwer viel, zügeln und durfte nicht riskieren, dass er hinfiel und sich womöglich ein Bein oder einen Arm brach weil ihn das in seiner Planung um einiges zurückgeworfen hätte und er dann wirklich für einen längeren Zeitraum auf den Rollstuhl angewiesen gewesen wäre, was er auf keinen Fall wollte. Er wollte diesen Stuhl so schnell es ging wieder verlassen und hinter sich lassen. Er wollte endlich einen Rollator bekommen, mit dem er dann durch das Haus und durch das Gelände düsen konnte. Dieses Vergnügen stellte er sich unbeschreiblich vor und hatte dieses nächste Ziel klar vor Augen. Selbstverständlich wollte er sich dann nicht darauf ausruhen, sondern auch diese Gehhilfe irgendwann hinter sich lassen. Doch das war Zukunft und er versuchte in der bitteren Gegenwart zu bleiben. Im Laufe einiger Wochen schaffte er es, sich, mithilfe der Krankengymnastik, seine Muskulatur in den Beinen so stark zu machen, dass er wieder genug Kraft hatte, aufrecht auf ihnen zu stehen. Zwar war sein Gleichgewicht noch nicht so weit, dass er frei stehen konnte, aber ein kleines Stück war wieder geschafft.

Er war sich sicher, dass es nicht mehr lange dauern würde, bis er ohne eine Stütze frei stehen konnte und dann könnte er daran arbeiten frei laufen zu lernen. Jetzt schon schaffte er einige Meter auf den Beinen zurückzulegen, wenn er sich am Geländer hochzog und langsam einen Fuß vor den anderen setzte. Dennoch erhielt er nicht gleich den langersehnten Rollator, sondern wurde von Yvonne dazu angehalten, langsam zu tun und zu warten, bis sie ihm das Laufen richtig beibringen wollte. Es war wirklich schwer für ihn, auf Yvonne zu hören und zu warten. Sein Ehrgeiz trieb ihn immer wieder dazu, sich aus dem Rollstuhl zu ziehen und einige unsichere Schritte zu laufen. Langsam schaffte er es immer weiter, sich an dem Geländer von seinem Rollstuhl zu entfernen und wieder zurückzulaufen. Yvonne schüttelte immer nur den Kopf, wenn sie sah, dass Joel wieder an dem Geländer stand und sagte nur lachend: „Du kannst es wohl nicht abwarten, bis ich Dir helfe...." und Joel erzählte ihr immer wieder stolz, dass er wieder einen Schritt mehr geschafft hatte.

Joel war an diesem sonnigen Tag mit seinem Rollstuhl unterwegs in das Schulgebäude, in dessen Keller ein kleiner Kiosk war, der zweimal die Woche nachmittags geöffnet hatte. An diesem Kiosk konnten die Patienten der Klinik Süßigkeiten, Getränke, Stifte, Tischfußbälle, Hygieneartikel usw. kaufen. Die Verkäufer, die in dem kleinen Kiosk arbeiteten, waren ehrenamtliche Sozialarbeiter, die auch abends im Jugendhaus, das ebenfalls im Untergeschoss des Gebäudes war, ständig als Aufsicht arbeiteten oder irgendwelche Workshops usw. anboten. Das Jugendhaus war eigentlich ein großer Raum, der eine Art Disco war. An der einen Wand stand eine alte Ledercouch der 80er Jahre, daneben ein Billardtisch und etwas weiter davon ein Tischfußball. Hier konnten die Jugendlichen abends herkommen, um abzuhängen, die Sorgen des stressigen Therapietages zu vergessen und Freunde zu treffen, mit denen sie über alles Mögliche quatschen konnten. Die meiste Zeit lief Musik der böhsen Onkelz, Metallica, Iron Maiden, Selputura aber auch mal Schlager. Das war der Musikgeschmack der meisten Jugendlichen. Viele von ihnen träumten davon, auch ein Leben als Star zu führen und irgendwann in ihrem Leben mal im Rampenlicht zu stehen. Wer von ihnen träumte nicht auch davon, einmal zu rebellieren und der Gesellschaft die Zähne zu zeigen? Das ist schließlich der Traum eines jeden Jugendlichen, der seinen Weg gehen und sich nicht allen Vorgaben beugen will. In dem Jugendhaus herrschte absolutes Alkoholverbot, da viele der Jugendlichen Medikamente nahmen und es die Klinikleitung nicht gerade gern sah, wenn auf dem Klinikgelände Alkohol verzehrt wurde. Die Jugendlichen, die schon etwas älter waren und in den Häusern für die größeren Patienten wohnten, konnten abends in ihrem Ausgang in das nur 1 Kilometer entfernte Dorf gehen und der ein oder andere von ihnen trank dort dann in einer Kneipe mit seinen Freunden gern mal ein Bier o. ä. In einem Nebenraum des Jugendhauses gab es auch eine Kegelbahn auf der die Kinder und Jugendlichen zweimal in der Woche ihre Künste im Kegeln zeigen konnten. Es war immer eine der Ehrenamtlichen Frauen als Aufsicht dabei und half den Rollstuhlfahrern mit der Schiene, die sie benutzten, um die Kugel auf die Bahn zu bringen und sie von dort in ihr Ziel rollen zu lassen.

„Was darf es denn bei Dir sein?", fragte ihn die Verkäuferin des Kiosks, die an diesem Tag Dienst hatte und sah ihn durch ihre Brille mit rechteckigen Gläsern an. „Ich hätte gerne einen Tischfußball...", dann wanderte sein Finger zu den Süßigkeiten, die in einem Regal an der Wand ausgestellt waren und sagte „diese Bonbons, so einen Schokoladenriegel, diese Tafel Schokolade..." Die Dame nahm von allem, was Joel ihr sagte ein Stück in die Hand, sammelte die Süßigkeiten zusammen und legte dann alles schön säuberlich nebeneinander auf die Theke, auf der die Kasse stand. Joel konnte sich so nochmal einen Überblick darüber verschaffen, was er alles kaufen würde. Die Dame öffnete eine Schublade, die in der Theke war, holte zwei Tischfußbälle heraus und fragte Joel, welchen er denn gerne hätte. Joel entschied sich für den härteren Ball, der wie ein echter Fußball schwarz-weiß war. Mit einem härteren Ball ließ sich besser mit den Plastikfiguren des Tischfußballtischs schießen. Dieser Ball rollte besser und schneller, als ein weicher und war präziser zu schießen. Die Verkäuferin tippte alles in ihre Kasse ein und verlangte von Joel einen Betrag, der ihm gering vorkam. Die Waren in dem Kiosk waren tatsächlich günstiger als in dem Ort unweit der Klinik oder in der Stadt. Joel zog seinen Geldbeutel mit Klettverschluss aus seiner rechten

Gesäßtasche seiner Jeans, kramte einen Zehner heraus und legte ihn vor der Verkäuferin auf die Theke. Sie nahm den Zehner in die Hand, öffnete die Kasse, legte ihn hinein, holte aus den einzelnen Fächern Münzen, warf sie in die andere Hand, die sie so hielt, dass die Geldstücke in ihr liegen blieben und gab ihm das Wechselgeld zurück. Er steckte sich das Geld in die Hosentasche, legte seinen Einkauf auf den Schoß und fuhr mit dem Rollstuhl zu dem Aufzug, der die Fahrgäste wieder nach oben beförderte. Dann fuhr er wieder zurück in das Kinderhaus.

An einem warmen Abend gingen ca. 20 Kinder des Hauses gemeinsam in der Abenddämmerung in Richtung des Hauses, in dem auch die Schule und das Jugendhaus untergebracht waren und wollten alle ins Kino, das für sie veranstaltet wurde gehen und sich Ariel die Meerjungfrau anschauen. Das Kino wurde einmal die Woche in der Cafeteria für die kleinen Patienten veranstaltet, in dem genug Platz für die Kinder war. Manche der Kinder machten es sich auf dem Fußboden bequem und andere setzten sich auf Stühle, um die Bilder auf der großen Leinwand zu betrachten.

Joel kam sich verarscht vor. Er hatte irgendwie das Gefühl, zu viel von sich preisgegeben zu haben. Es schien ihm, als hätte er ihr sein ganzes Leben, das Leben, an das er sich noch erinnern konnte, offengelegt und war jetzt zu durchschaubar für sie geworden. Er hatte sich einfach mehr davon versprochen, weil er sich dachte, dass sie ihm gegenüber auch auf eine gewisse Art und Weise offen war. Vielleicht verstand er aber auch nur alles falsch und konnte es einfach nicht richtig verstehen, was andere Leute zu ihm sagten oder er fasste es einfach falsch auf und machte sich selbst immer falsche Hoffnungen.

Er sehnte sich einfach nach einer Freundin, wie es Nadine vor dem Unfall für ihn war. Nach einer Kameradin, mit der er über alles sprechen und spielen konnte.

Geplagt von Enttäuschung, Zerrissenheit und dem Gefühl einer unbeschreiblichen Leere, fuhr er mit seinem Rollstuhl durch den Regen in dem Klinikgelände umher. Er wollte mit niemandem groß was reden und da kam es ihm natürlich gelegen, durch den Regen zu fahren, da sich fast alle anderen Patienten in den Häusern aufhielten, weil niemand nass werden wollte. Joel gefiel es, im Regen herumzufahren. Irgendwie löste es in ihm ein Gefühl von Verbundenheit mit der Natur aus und er erkannte, wie klein eigentlich ein menschliches Leben im Gegensatz zu der Natur und dem ganzen Kosmos ist. Irgendwie spiegelte sich bei diesem Wetter, der bewölkte Himmel, der Regen seine geschundene Seele wider, dachte er sich. Wenn die Regentropfen auf seine Haut klatschten, schien seine Seele auf zu lachen und er vergaß für eine kurze Zeit seine Probleme. Diese Gedanken und Gefühle brauchte er, um sich klarzumachen, dass er überhaupt noch existiert. Er hatte immer das Gefühl, er müsse an extremen, zwischen Leben und Tod stehen, um wirklich zu leben. Dazwischen gab es nur wenig, woran er sich festhalten konnte. Sein Leben war seit dem Unfall bestimmt von einem Schwarz-Weißdenken. Allein die Tatsache, dass er immer noch im Rollstuhl saß, sozusagen dazu gezwungen wurde, nicht zu laufen, setzte ihn in gewisser Weise unter Druck. Er konnte mehr oder weniger laufen, durfte es aber nicht. Ihm wurden in seinen Augen somit Steine in den Weg gelegt und das wollte er nicht. Er wollte so schnell es geht seinen ohnehin schon steinigen Weg gehen.

Joel´s Gefühle waren seit dem Unfall auf eine gewisse Art und Weise komisch. Er konnte sich zwar nicht daran erinnern, wie es vor dem Unfall um seine Gefühle stand doch nun hatte er das Gefühl, dass seine Gefühle anders als die Gefühle anderer sein mussten. Er nahm einfach alles intensiver wahr. Freude verlieh ihm eine fast unbändige Kraft, die ihn fast zum Berserker werden ließ. Wenn es ihm aber schlecht ging, zog es ihn so stark nach unten, dass er kaum etwas machen konnte. Er schaffte es dann kaum noch, die einfachsten Dinge, die er bisher wieder gelernt hatte, auf die Reihe zu bekommen. Er fühlte sich dann immer so schlaff und ließ sich gehen.

Es war an einem warmen und sonnigen Tag, als er nach der Schule mit einem befreundetem Jugendlichen bis vor das Haus A ging und mit ihm über alles mögliche redete. Vor dem Eingang des Hauses standen einige Bewohner beim rauchen und Joel und sein Kumpel gesellten sich dazu. Joel verfolgte, wie sie über Therapeuten und Lehrer lästerten, wie sie dabei an ihren Zigaretten zogen und den Rauch wieder in die Luft pusteten. Plötzlich hielt Joel's Kumpel ihm seine Zigarette unter die Nase und sagte ihm er solle mal einen Zug nehmen und „Ups, Mama kommt..." sagen. Joel dachte sich nichts weiter dabei, nahm die Zigarette zwischen Zeige- und Mittelfinger und zog den bläulichen Rauch in seinen Mund. Er hörte schon, wie die ersten der Jugendlichen lachten, als er an der Zigarette zog. Dann öffnete er seinen Mund und wollte den Satz sagen, der ihm genannt wurde aussprechen. Bei dem Wort „Ups" zog er den Rauch tief in sein Lunge und begann sofort so heftig zu husten, so dass er keinen weiteren Ton mehr herausbrachte. Er konnte nur noch husten und ihm war auf einmal kotzübel. Die Jugendlichen, die alle schon das inhalieren des blauen Rauches gewohnt waren, lachten alle hämisch und machten sich über Joel lustig. Joel's Kumpel, Sascha, klopfte ihm auf die Schulter und beruhigte ihn mit seinem Lachen: „Nimm's uns nicht übel, Joel. So ging es jedem von uns bei dem ersten Zug und den ersten Kippen..." Joel fand dies aber überhaupt nicht lustig. Er konnte einfach nicht mehr aufhören zu husten. Das Husten tat ihm auch in seiner Brust weh und er krümmte sich in seinem Rollstuhl. Nach ca. 10 Minuten hatte er sich einigermaßen wieder beruhigt und machte sich langsam auf den Weg in sein Haus. Er hoffte nur, dass Frau Frosch nichts davon merkte, dass er an einer Zigarette gezogen hatte. Auf dem Weg durch das Klinikgelände wurde ihm schlecht und schwindelig zugleich. In diesem Moment war er froh, dass er noch in seinem Rollstuhl saß, da er dachte, dass er sich sonst nicht mehr hätte auf den Beinen halten können. Ihm kam es so vor, als würde sich die Welt „verschieben" und er konnte keinen klaren Gedanken mehr fassen bzw. die Gedanken zuckten wie Blitze durch sein Gehirn. Das waren die Folgen des ersten Rausches, den er hatte und er schwor sich, so schnell keine Zigarette mehr anzufassen. Was in ein paar Wochen oder Monaten sein würde, wollte er noch nicht sagen, da es ihm als „cool" vorkam, zu rauchen. Er dachte sich, dass er damit den anderen zeigen würde, wie „cool" er wäre und dass er dazu gehörte und „stark" war.

Mit einem bleichem Gesicht kam er wieder auf seine Gruppe und Frau Frosch fragte ihn sofort, was ihm fehlen würde. Er sagte ihr nur, dass er sich vom Magen her nicht ganz wohlfühlen würde, was eigentlich ja auch stimmte und Frau Frosch meinte, er solle das Mittagessen lieber ausfallen lassen und sich erst mal ins Bett legen, was Joel auch tat. Es war ihm lieber, wenn er nicht mit am Tisch sitzen und die anderen Kinder sehen musste. Er fuhr mit seinem Rollstuhl in sein Zimmer, stellte sich mit den Beinen voraus vor sein Bett, zog die Bremsen fest, klappte die Fußstützen nach oben, setzte seine Füße auf den Boden und schwang sich auf sein Bett, wo er sich wie ein nasser Sack fallen ließ und letztendlich auf dem Rücken liegen blieb. Sofort schloss er seine Augen und hatte das Bild vor sich, wie er bei den Jugendlichen stand und zusah, wie sie rauchten. Doch das Bild drehte sich und er schienen Karussell zu fahren. Ihm war schlecht und er dachte, er müsse kotzen. Da er aber nicht wollte, dass Frau Frosch roch, dass er geraucht hatte, riss er sich zusammen und schluckte das Gefühl hinunter, bis er nach wenigen Minuten eingeschlafen war. Er merkte nicht einmal, wie Norman und Christian nach dem Essen ins Zimmer kamen und sich ebenfalls auf ihre Betten legten und sich unterhielten. Erst als Frau Frosch nach ca. 1 Stunde das Zimmer betrat, um nach ihm zu sehen und sie ihn weckte, kam er wieder zu sich. Sie fragte ihn, ob es ihm schon besser ging und nachdem er wach war und ihr versichert hatte, dass alles in

Ordnung war, half sie ihm wieder in den Rollstuhl und er fuhr in den großen Aufenthaltsraum seiner Gruppe, wo der Puzzleexperte saß und versuchte ein neues Puzzle zu zusammenzusetzen. Joel sah ihm gespannt zu, während seine Gedanken noch langsam weiter Karussell fuhren. Er sah zu, wie der Puzzler danach schaute, welche Teile von den Ecken und Ausschnitten zusammenpassten. Doch dieses komplizierte Unterfangen, welches der Junge vor sich auf dem Tisch liegen hatte, wurde ihm schnell zu langweilig und er fuhr mit seinem Rollstuhl, den er mit einem langen Stab mit einer Hand durch das vorschieben und zurückziehen fortbewegen konnte, aus der Gruppe hinaus auf den langen Gang, wo er sich schon so oft an dem Geländer aus seinem Rollstuhl gezogen hatte, um einige wacklige Schritte zu gehen. Doch an diesem Tag wollte er sich nicht aus seinem Stuhl ziehen, da es ihm einfach zu gefährlich war, wenn er sich nicht so wohlfühlte. Er wollte es trotz seinem starken Willens nicht unbedingt riskieren, dass etwas passierte. Er fuhr einfach durch die Gänge des oberen Stockwerks, dann mit dem Aufzug hinunter und von dort aus wieder hinaus aus dem Gebäude. Er wollte nochmal zu Sascha gehen und ihm sagen, wie es ihm ergangen war. Er fuhr im Schein der Sonne durch die Wege, vorbei an den Häusern der größeren, bis zu dem

Haus A.Sascha stand wieder bei seinen Kumpels vor der Türe beim rauchen und winkte Joel zu, als er ihn anfahren sah. „Na, alles klar Joel? "Ich hoffe, Du hast keinen Ärger bekommen"." Nein, Ärger hab ich keinen bekommen aber mir war und ist immer noch schlecht..." "Das kann ich mir gut vorstellen, Joel", sagte Sascha und seine Kumpels nickten alle mit einem breitem Grinsen im Gesicht mit dem Kopf und verkniffen es sich, laut loszulachen. „Du hättest mal sehen sollen, was für ein Gesicht Du gemacht hast….", schrie einer, der im Rollstuhl saß, weil ihm ein Bein fehlte und fing laut an zu lachen. Obwohl Joel wusste, dass er es nicht böse gemeint hatte, traf ihn diese Nachricht wie ein Schlag ins Gesicht und er kam sich einfach nur verarscht vor. „Na gut, dann lass ich Euch mal wieder in Ruhe", sagte Joel und fuhr geknickt wieder zurück in das Kinderhaus.

Joel, Heidi, Nicole und Ben spielten ein neues Spiel. Das Spiel bestand darin, dass sie sich als eine Art „Notfall-Gruppe" sahen. Sie machten es sich zur Aufgabe, immer wenn auf einer Gruppe jemand den roten Knopf drückte, um eine Schwester zu sich zu rufen, dem Klingeln nachzugehen und zu schauen, ob sie etwas helfen konnten. Natürlich konnten sie nicht helfen, wenn jemand auf dem Klo saß und ihm der Arsch geputzt werden musste. Wenn aber ein Kind nur klingelte, weil es ein Glas Wasser wollte oder so, konnten sie meistens schon helfen. Von den Krankenschwestern wurde dieses Spiel lächelnd hingenommen und sie bedankten sich immer freundlich demjenigen, der zu ihnen kam und sagte, dass z. B. jemand auf dem Klo saß und darauf wartete, bis jemand zu ihm kam, um ihn zu versorgen. Oft hatten die Krankenschwestern nämlich kaum Zeit, jedem Klingeln hinterherzugehen, weil sie mit der anderen Arbeit, die sie noch hatten, so beschäftigt waren. Da von jeder Gruppe ein Patient in der „Notfall-Gruppe" war, war eigentlich immer jemand von ihnen bereit, in seiner Gruppe nach dem rechten zu sehen und einzugreifen, wenn das rote Licht leuchtete. Für die Kinder war es mehr als ein Spiel. Sie sahen sich dazu berufen, zu helfen und hatten schon feste Pläne, dass sie ihre Aufgabe noch weiter ausarbeiten wollten. Sie wollten noch andere Kinder dazu überreden, ihnen zu helfen und einige hatten tatsächlich Lust, ihnen beizustehen und mit ihnen an der „Rotlicht-Klingelfront" zu kämpfen und nach einigen Wochen waren wirklich 4 weitere Kinder dabei, sodass von jeder Gruppe 2 Kinder mitspielten. Mit der Zeit hatte dieses Spiel jedoch ein Ausmaß, dass die Schwestern die hilfsbereiten Kinder baten, etwas langsamer zu tun, weil sie selbst sonst nicht mehr hinterherkamen. Sie fanden es zwar schön, wenn die

Kinder ihnen halfen, doch war es ihnen zu viel, wenn bei jedem klingeln gleich ein Kind der „Notfall-Gruppe" vor ihnen stand und ihnen sagte, wer wo und warum klingelte.

Eines Tages klingelte jemand in der gelben Gruppe. Da Joel in diesem Moment Zeit und Lust hatte, fuhr er in seinem Rollstuhl in die Gruppe und folgte dem roten Licht an der Wand, welches über dem Badezimmer leuchtete. „Hier ist Joel von der Notfall-Gruppe", sagte er, als er die Badezimmertüre öffnete, damit derjenige, der auf dem Klo saß, wer kam. Er roch sofort, dass hier jemand ein großes Geschäft verrichtet hatte, weil ein stechender und zugleich süßlicher Geruch in der Luft lag. Hinter der großen Türe der Rollstuhlfahrer-Kabine ertönte eine leise, zarte Mädchenstimme. „Marry hier, sagst Du bitte einer Schwester Bescheid, dass ich fertig bin?" „Ja, mach ich", antwortete Joel freundlich und fuhr wieder aus dem Badezimmer hinaus in Richtung Stationszimmer, um dort einer Schwester, die gerade ihren Kaffee trank Bescheid zu sagen, dass Marry mit ihrem Geschäft auf dem Klo fertig war. Joel kannte Marry vom sehen her und konnte sich nur schwer vorstellen, wie ein so hübsches Wesen, ein schönes Mädchen mit langen blonden Haaren, so einen Gestank von sich geben konnte. Joel sagte der diensthabenden Schwester der gelben Gruppe Bescheid, wer im Badezimmer auf sie wartete und verließ die Gruppe wieder. Er machte sich den ganzen Tag über noch diese Frage und traute sich mit niemandem darüber zu reden. Sicher war ihm auch bewusst, dass Frauen auch nur Menschen sind und warum sollte es bei ihnen anders sein als bei ihm? Wir sind alle nur Menschen und bei niemandem riecht es nach Rosen, beruhigte er sich immer wieder, wenn ihn diese Gedanken quälten.

Herr Otto verkündete bei einem den Gruppenabenden, dass er plante, mit den Kindern, die Lust hatten, Segelflieger zu bauen und fragte, wer von den Patienten Lust dazu hätte. Joel meldete sich sofort, da er dachte, dass es ihm sicher Spaß machen würde und weil er Herrn Otto mochte. Des Weiteren meldeten sich noch Norman und zwei andere Jungs der Gruppe. Herr Otto sagte ihnen, dass sie sich jeden Montag und Donnerstag im Erdgeschoss in dem Bastelraum treffen würden und dort dann die Flugzeuge aus einem Bausatz aus sehr leichtem Holz zusammenbauen würden. Sie mussten, so erklärte es Herr Otto ihnen, die auf dem Holzstück vorgezeichneten Teile mit einer Laubsäge aussägen, die ausgesägten Teile mit einem sehr feinen Schleifpapier schön glätten, dann die fertigen Teile zusammensetzen und gegebenenfalls noch an einigen Stellen etwas Leim verbinden. Das Fluggerät bestand aus einem dünnen Rumpf, der komplett aus Holz war, die Flügel glichen einem Skelett und wurden mit einem Laien ähnlichen Stoff bezogen welcher durch eine bestimmte Lösung verhärtet und luftundurchlässig gemacht wurde, sodass es keine Luft durchließ und das hölzerne Fluggerät durch den Auftrieb, der entstand, in der Luft hielt.

„Genau Joel, Du musst das Stück Holz mit Deiner linken Hand festhalten und mit der rechten Hand die Säge benutzen", sagte Herr Otto zu ihm als Joel seinen linken Arm auf das Holz legte, um es auf dem Tisch zu fixieren. Mittlerweile hatte Joel gelernt, seinen linken Arm etwas zu bewegen und konnte ihn als Beschwerer einsetzen. Mit der rechten Hand konnte er die linke Faust öffnen und etwas mit ihr greifen. Er musste zwar die linke Hand immer mit der rechten führen, konnte also den Arm noch nicht von alleine bewegen doch er hatte angesichts der Schwere seiner Verletzung schon beachtliche Fortschritte gemacht. So konnte er im Alltag in vielen Situationen seine linke Hand zur Unterstützung einsetzen, was ihm natürlich ein wenig die Aufgaben erleichterte. Er hatte ein Brettchen, welches durch Saugnäpfe auf dem Tisch befestigt wurde. Am Rand des Brettchens war eine Art Dreizack befestigt, wo er das Brötchen reinstecken und es dann aufschneiden konnte. Nun übte er es, seine linke Hand zur Unterstützung auf das Brötchen zu legen mit dem Ziel irgendwann das Brettchen nicht mehr zu benötigen. Oder das Anziehen seiner Hose beispielsweise konnte er dadurch vereinfachen, indem er mit der linken Hand den Hosenbund festhielt und nicht mehr mit der rechten Hand alleine nach ihm greifen musste, um den Knopf umständlich zu schließen.

Vorsichtig und behutsam sägte Joel langsam an der auf dem Holzstück vorgegebenen Linie entlang, bis er durch mehrmaliges drehen des Holzes wieder am Anfangspunkt angekommen war und das ausgesägte Stück sich von dem Rest löste und auf den Boden fiel. Vorsichtig beugte er sich hinunter und hob das am Boden liegende Stück auf, hob es in die Luft, um seine Arbeit anzusehen und sagte mit stolzer Stimme: „Damit kann man zufrieden sein. Was meinen Sie, Herr Otto?" Der Sozialpädagoge sah sich das Stück Holz an und antwortete mit seiner beruhigenden Stimme: „Ja, das hast Du sehr schön gemacht, Joel. Nun musst Du nur noch die Kanten abschleifen. Mit den restlichen Teilen musst Du es genauso machen. Wenn Du weiter so ordentlich arbeitest, wird Dein Flieger ein richtiges Prachtstück ..." Joel arbeitete ruhig und säuberlich genauso weiter und schaffte es, während dieser Stunde, die sie in dem Bastelraum waren, noch weitere drei Stücke genauso sauber auszusägen und zu schleifen. In den weiteren Tagen, an denen sie sich zum Basteln trafen, sägte Joel die rund 50 Einzelteile ebenso ordentlich aus und schliff sie ab und legte sie jeweils zusammen in eine Kiste, damit keine Teile durcheinander kamen, da sonst das große raten begonnen hätte, welche zusammen gehörten. Dann war es an der Zeit, die einzelnen Teile zusammenzustecken und mit einem speziellen Kleister zu verkleben. Herr Otto sagte ihm und den anderen, dass sie die Dämpfe des Klebers möglichst nicht einatmen sollten, da das Lösungsmittel, welches in dem Kleber enthalten war, schädlich sein würde. Joel mochte den Geruch des Klebers und immer wenn Herr Otto ihn nicht beobachtete, sondern bei einem der anderen Jungs war, um ihnen zu helfen, hob er die Öffnung der Flasche unter seine Nase, drückte sie vorsichtig zusammen, damit etwas Luft aus ihr kam und zog den stechenden Geruch tief in die Nase. Nachdem er dieses etwa 10 mal gemacht hatte, merkte er schon, dass ihm leicht schwindelig wurde und er fühlte sich leicht berauscht. Davon erzählte er jedoch Herrn Otto nichts, weil er nicht wollte, dass er womöglich Theater deswegen mit Herrn Otto bekam. Er wollte auch nicht riskieren, dass er von dem Bau des Flugzeuges ausgeschlossen werden würde. In seinem leichten Rausch setzte er die Holzstücke zusammen und gab mal hier mal dort einen kleinen Tropfen von dem Kleber auf die

Verbindungen, damit diese besser zusammen hielten. So baute er nach und nach den Rumpf und die Tragflächen zusammen, nahm hin und wieder mal eine Nase voll des lösungsmittelhaltigen Dampf des Klebers und ließ Herrn Otto ab und zu kontrollieren, ob er die Teile auch richtig zusammengesetzt hatte. „Jetzt musst Du die Teile noch streichen und ihnen eine schöne Farbe geben", sagte Herr Otto zu Joel, nachdem er alles zusammengesetzt und mit Kleber versehen hatte. „Welche Farbe soll Dein Flugzeug denn haben?" „Blau, ich möchte es blau anstreichen", antwortete Joel lächelnd mit einem Glänzen in seinen Augen. Herr Otto suchte aus dem großen Wandschrank, in dem lauter verschiedene Farbtöpfe standen die für das Holz geeignete Farbe heraus, öffnete die Dose, rührte einige male mit einem Holzstab in ihr herum, füllte etwas von der Farbe in eine Schale und stellte sie vor Joel auf den Tisch. „So … Jetzt kannst Du anfangen, das Holz zu streichen. Auf dem Pinsel sollte nicht zu viel Farbe sein und Du musst immer schön gleichmäßig mit der Maserung des Holzes streichen …" Das sagt der so einfach, dachte sich Joel und begann munter drauf loszupinseln. Schon nach wenigen Minuten hatte er den Dreh raus und er pfiff munter vor sich hin, als er den Rumpf des Flugkörpers anmalte. Nach wenigen Minuten schön säuberlichem Streichens, war die erste Seite des Rumpfes fertig angemalt und er fragte Herrn Otto, wie er es nun schaffen würde, die andere Seite auch anzumalen, ohne die nasse Seite anfassen zu müssen. Herr Otto sagte ihm, er solle sich mal eine Lösung überlegen und wies ihn darauf hin, dass an den Seiten des Tisches hölzerne Schraubstöcke vorhanden waren. Joel überlegte kurz, was ihm Herr Otto damit sagen wollte, dann kam ihm die Idee, dass er den Rumpf des Flugzeugs darin einspannen und dann die zweite Seite bestreichen konnte. Der Rumpf war somit also fertig und in der nächsten Stunde musste er sich an die Tragflächen machen. Als die langen Außenseiten vor ihm lagen, war es seine Aufgabe, die etwa 10 cm langen dünnen Abstandteile in die dafür vorgesehenen Einkerbungen zu stecken und mit etwas Kleber zu stabilisieren. Das Holzgerüst wurde dann gestrichen, mit dem Leinen ähnlichen Stoff bezogen und dieser mit einer speziellen Glasur bestrichen, die den Stoff undurchdringlich werden ließ. Selbstverständlich färbte Joel die Flügel ebenfalls blau, da es ihm nicht gefiel, wenn der Rumpf blau und die Tragflächen weiß waren. Dann musste er den Rumpf und die Tragflächen mit einer ordentlichen Portion des Klebers zusammenführen.

Dann endlich war es so weit und Joel bekam den von ihm lang ersehnten Rollator. Er fuhr in seinem Rollstuhl in den großen Raum der Krankengymnastik und sah Yvonne lächelnd an der elektrischen Bank stehen. Neben ihr das neue Laufgestell mit roten Manschetten aus Gummi zum Festhalten dran. Joel überkam eine unbeschreibliche Freude. „Ist der für mich", fragte er und hoffte, Yvonne würde nicht „nein" sagen. „Ja, das ist ab heute dein neuer Wegbegleiter, Joel. Du hast gute Fortschritte gemacht und ich bin davon überzeugt, dass Du es schaffst, dich nun auf deinen Beinen zu bewegen." Joel wurde es bewusst, dass sich sein Schweiß, die Tränen und der Schmerz, die er hartnäckig auf seinem Weg vergossen hatte sich nun auszahlten. Ihm war klar, dass es sich gelohnt hatte, so hartnäckig zu bleiben, sich selber in den Arsch zu drehten und nicht die Hände in den Schoß zu legen und abzuwarten. Er hatte ja lang genug geübt, einen Fuß vor den anderen zu setzen und besaß genug Kraft, sich auf den Beinen zu halten. Mit großen Augen und großer Vorfreude fuhr er an die Bank zu Yvonne und setzte sich neben sie. „Willst Du hier sitzen bleiben oder anfangen zu laufen?" Yvonne's Frage klang ironisch und war natürlich auch so gemeint.Sie wusste ganz genau, dass Joel lange auf diesen Moment gewartet hatte und sich kaum bremsen ließ. „Machst Du Witze? Selbstverständlich will ich gleich loslegen", antwortete Joel und wartete, bis Yvonne hinter den Rollator ging, um ihn festzuhalten. Dann hielt er sich mit der rechten Hand an dem gummierten Stück des Gestells fest, stand auf, drehte sich herum und setzte die linke Hand ebenfalls an das Gestell. Das Gefühl, endlich in seinem eigenen Rollator zu stehen erfüllte Joel mit unendlichem Stolz. Er fühlte sich wie ein Bergsteiger, der den Gipfel eines scheinbar unbezwingbaren Berges erklommen hatte, auf der höchsten Stelle des Felsens stand, die Arme ausbreitete und tief durchatmete. Genau so war das Gefühl. Der lange Aufstieg von ganz unten war in die erste Runde gegangen und Joel hatte für sich selber die erste Zwischenstation erreicht. Natürlich war es nur der erste kleine Erfolg auf seinem langen steinigen Weg doch nun erntete er endlich die ersten Früchte, die er gesät hatte. Es war ein Stück von Himmel, was er geleistet hatte. „Also gut, Joel", sagte Yvonne. „Dann werde ich Dir erst mal einige grundlegende Dinge erklären. Rückwärts kannst Du nicht fahren. Da ist eine Bremse drin. Um um die Kurven zu kommen, musst Du den Rollator vorne immer etwas anheben und ihn in die Richtung rücken. Es gibt extra keine drehbaren Rollen, damit die Stabilität gewährleistet ist …" Yvonne setzte sich auf einen Hocker auf Rollen und stellte sich mit dem Gesicht zu Joel vor ihn, damit sie seine Füße in die richtige Position stellen und korrigieren konnte, während sie langsam gemeinsam eine Runde durch das Haus drehten. Joel konnte schon ziemlich gut seine Beine kontrollieren und lief schon gut an seinem neuen Gefährt. Zwar zog er sein linkes Bein, das geschädigte, etwas hinterher aber das würde er in den kommenden Wochen und Monaten noch in Griff bekommen. Er sollte sich erst einmal an den Rollator und die Belastung der Beine gewöhnen und alles andere würde ihm Yvonne noch zeigen oder beibringen.

An dem ersten Tag wollte er noch keine großen Wege laufen, um sich nicht überzustrapazieren. Nachmittags gingen Hellen, er und noch einige andere Kinder aus dem Haus hinaus in den großen Garten mit der kleinen Verkehrsanlage. Joel lief durch die Straßen und fand recht schnell heraus, welchen Spaß es machte, einige schnelle Schritte zu laufen und sich dann auf die obere Stange des Gestells zu setzen und einfach nur dahinzurollen. Die leichte Steigung von dem Verkehrsplatz hinauf auf den Weg, der wieder in das Haus führte, kostete ihn etwas Kraft und er war froh, als er wieder im Haus war und der Weg wieder eben verlief. Mit schmerzenden Füßen ließ sich Joel auf die mit grün bezogenem Stoff Couch fallen und sagte laut: „Heute geh ich keinen Schritt mehr …" Mit ihrem leicht schottischen Akzent fragte ihn Hellen lachend: „Meinst Du ich trage Dich heute ins Bett? Das kostet extra … Davon steht nichts in meinem Arbeitsvertrag …" Alle anwesenden Kinder und Hellen brachen in lautes Gelächter aus und Ilona, die gerade dabei war, den Tisch für das Abendessen zu decken, ließ beinahe die Teller, die sie trug, vor Lachen fallen. Hellen hatte einen netten Humor und ihr fiel zu fast jeder Situation ein lustiger Spruch ein, der selbst den grauen Himmel wieder blau erstrahlen ließ. Sie hatte einfach die Gabe, etwas schwer erträgliches leichter werden zu lassen. Ihre Art, wie sie auftrat, war einfach die, die einem Engel glich. Ihr schwarzes glänzendes Haar und die Art, wie sie sich bewegte, hatte für Joel den Anschein, als würde sie von einer anderen Welt, einem anderen Planeten kommen. Joel mochte gerade deswegen Hellen und freute sich immer darauf, wenn sie wieder zum Dienst erschien. Beim Abendessen erzählte er seinen Gruppenkameraden/innen stolz von dem Erhalt des Rollators und schaute immer in die Ecke, in der der Gehwagen stand, um sicherzugehen, dass es kein Traum war und sich davon zu überzeugen, dass das Gestell noch da war. Nach dem Abendbrot, welches sich Joel richtig hat schmecken lassen und auch viel aß, setzte er sich zuerst noch mal in die Sitzecke der Gruppe auf das Sofa um das Essen erst mal sacken zu lassen. Nach etwa 30 Minuten fragte er Norman, ob er Lust hätte, mit ihm eine Runde Tischfußball zu spielen und Norman erklärte sich für eine Partie bereit. Joel´s Füße hatten sich etwas beruhigt und schmerzten nicht mehr so, wie vor dem Abendessen. Er fuhr bzw. lief mit seinem neuen Schmuckstück zu dem Tischfußball, der nur wenige Meter von dem Eingang zu seiner Gruppe entfernt stand, stellte sich an die Seite und nahm die Stange des Torwarts mit der linken und die Stange, an der fünf Mittelfeldspieler befestigt waren in seine rechte Hand. Norman ging auf die andere Seite des Tisches und nahm dort seine Position ein. Normen ließ den schwarz-weiß gefleckten Ball durch das Loch in der Mitte der Außenwand in das Spielfeld rollen und sofort drehten er und Joel so an den Stangen, dass sie mit dem unteren Teil der Spielfiguren den Ball trafen bzw. treffen wollten. Der Ball wurde von einer Figur der blauen, Norman's Mannschaft, getroffen, kam aber nicht an der 5er Kette der roten Männer vorbei, da Joel heftig an der Stange drehte. Der Ball schoss zwischen der Lücke von Norman's 5er Kette durch und rollte schnell die Erhöhung in der Ecke hoch, prallte an die Wand und rollte fast genauso schnell wieder zurück. Auf dem Rückweg stoppte Norman den Ball mit einem der beiden Verteidiger und suchte sich eine Lücke, durch die er durchschießen konnte. Norman zog den Ball mit der Spielfigur in blauer Hose etwas zur Seite und schoss mit voller Kraft in Richtung Joel's Tor. Joel konnte gerade noch rechtzeitig seinen Torwart bewegen und wehrte den Schuss ab. Da er aber mit dem Torwart nicht richtig schießen konnte, weil er den Spieler mit der linken Hand führen musste, rollte der Ball nur langsam, vorbei an seiner Abwehr, wieder in die andere Richtung und landete direkt vor Norman's Stürmer. Norman griff schnell mit seiner rechten Hand die Stange seiner 3er Kette und versenkte den Ball mit einem gekonnten Schuss in Joel´s Tor. 1:0 für Norman. „Wer 1:0 führt, der stets verliert", spottete Joel lachend. Dieser Spruch war bei den Tischfußballspielern schon eine Art Gebet geworden. „Na das werden wir ja noch sehen", erwiderte Norman mit einem breiten Grinsen im Gesicht, als er den kleinen Ball erneut in den Innenraum des Tisches rollen ließ. Diesmal kam Joel als Erstes mit seinem Spieler an den Ball. Der Ball schoss pfeifend in Normans Tor und Joel lachte laut auf. „Na ich hab's Dir doch gesagt. So geht es jetzt immer weiter …" Doch leider behielt Joel nicht Recht und musste vier weitere Tore kassieren, bis er ankündigte, dass er nun richtig spielen und sich mehr anstrengen und so richtig loslegen würde, um seinen Rückstand wieder aufzuholen und womöglich noch zu gewinnen. Norman war aber ein starker Gegner und ließ Joel kaum Chancen, um ein vernünftiges Spiel aufzubauen. Joel schaffte es einfach nicht, den Ball in des Gegners Tor zu schießen. Norman konnte einfach besser als er mit dem Ball umgehen und hatte aufgrund seiner langen Erfahrung als Spieler schon mehr Gefühl dafür, wie er den Ball schießen musste. Bei diesem Spiel gibt es eine Vielzahl an Tricks, um den Gegner das Spiel schwer zu machen. Joel verlor dieses Match eindeutig 10:2. Immerhin war es ihm aber noch möglich gewesen, wenigstens noch ein Tor zu schießen. Joel gab sich als aufrechter Verlierer. Ihm war bewusst, dass er noch einiges an Training brauchte, um Spieler wie Norman, der einer der besten Spieler unter all den Kindern in diesem Haus war, gewinnen zu können.

Es war ein sonniger Tag, als Herr Otto, Joel und die anderen Bastler die fertigen Flugzeuge, die sie gebastelt hatten, aus dem Bastelraum holten und sich nach draußen in den großen Garten begaben. Sie gingen von hinten den kleinen Hügel auf dem mit kleinen Pflastersteinen gelegten Weg bis nach oben, wo auch der Eingang der Rutsche war. Auf dem holprigen Weg hatte Joel Probleme, den Rollator stillzuhalten, da er durch die Unebenheiten des Weges nicht richtig rollen konnte und kräftig durchgeschüttelt wurde. Oben angekommen, gab Herr Otto jedem Kind sein eigenes Flugzeug, die zum Teil bunt bemalt waren und erklärte ihnen kurz, wie sie die Fluggeräte werfen sollten, dass es am besten flog. Joel beobachtete, wie die zwei Kinder vor ihm das Stück Holz mit der Plane warfen und wie die Flieger flogen. Das erste Flugzeug flog zuerst einige Meter gerade und kam dann zu Boden. „Du musst das Flugzeug etwas mehr nach unten werfen", erklärte Herr Otto dem Kind und rannte sofort den Hügel hinunter, um das Flugzeug wiederzuholen, um wieder nach oben zu bringen. Der zweite Werfer machte es, wie es Herr Otto erklärt hatte und das Flugzeug drehte sofort nach rechts ab und landete im Gebüsch. „Das war etwas zu viel des Guten. Daran müssen wir noch arbeiten", sagte Herr Otto und lachte vor sich hin, während er das Flugzeug holte. Dann war Joel an der Reihe. Er stellte sich in Mitte seines Gehwagens, hielt sich mit der linken Hand am Gestänge fest und mit der rechten Hand hielt er den Rumpf des Fliegers in die Luft. Er zögerte noch, bis Herr Otto sagte: „Na auf was wartest Du noch, Joel? Heute wird sicher kein besser Wetter werden …" Dann senkte er die Nase des Rumpfes etwas nach unten, ließ seinen rechten Unterarm nach unten fallen und ließ dabei das Flugzeug los. Die ersten paar Meter flog das Gerät leicht nach unten, dann startete es durch nach oben und drehte eine schöne Kurve, um nach einigen Metern wieder sanft auf der Wiese zu landen. „Das war ein reinster Kunstwurf", freute sich Herr Otto und hob Joel seine offene Hand hin, damit er einschlagen konnte. „Gib mir alle fünf, Joel." Die Kinder neben ihm johlten und freuten sich für ihn, dass er einen solchen ersten Wurf hatte. Joel konnte sich vor Freude kaum halten und sprang zwischen dem gebogenem Stab seines Fahrzeugs auf und ab, hin und her und lachte aus voller Kraft, so sehr freute er sich. Als er sich wieder beruhigt hatte, verkündete er stolz: „Mit diesem ersten Flug, taufe ich mein Flugzeug ‚Black Max'. „Das ist eine gute Idee, Joel", erwiderte Herr Otto. „Die anderen können ihrem Flugzeug auch gerne einen Namen geben." Es entstanden Namen wie „Black Rain", „der Überflieger" usw. Die anderen zwei Jungfernflüge verliefen ähnlich, wie die ersten zwei. Somit war Joel der „Sieger" dieses Tages, was ihn natürlich stolz machte. Herr Otto sagte ihnen, dass sie bei der nächsten Gelegenheit, wenn das Wetter wieder mitspielte und er etwas Zeit hatte, mit ihnen in den Garten zu gehen, wieder ihre Flugzeuge fliegen lassen könnten. Er schlug ihnen auch vor, dass sie irgendwann mal auf den großen Hügel, der an das Klinikgelände grenzte, gehen könnten, da sie dort noch mehr Platz hatten und die Flieger somit auch weiter fliegen könnten. Dieser Vorschlag kam bei Joel und den anderen Kindern gut an und so beschlossen sie, dieses in absehbarer Zeit auch zu tun. Beim Abendessen gab es für Joel kein anderes Gesprächsthema, als der Jungfernflug seines „Black Max" und ihm war eigentlich egal, ob er die anderen Kinder damit nervte oder nicht. Er erzählte bestimmt ein Dutzend mal, wie er sein Flugzeug geworfen hatte, wie schön es durch die Luft glitt, wie sicher es die Kurve flog und anschließend sanft auf der Wiese landete. Er genoss die Aufmerksamkeit und das Lob der anderen Kinder und badete sich in dem Ruhm. In dieser Nacht konnte er hervorragend schlafen und träumte davon, wie er seinen Flieger wieder starten ließ. In seinem Traum warf er das Flugzeug von dem Hügel, auf den Herr Otto mal mit ihnen gehen wollte und er flog wunderbar. Wie bei dem

Testflug flog er zuerst etwas nach unten und bekam dann Auftrieb. Joel konnte das Flugzeug nur noch in Miniaturformat in der Luft sehen, als es von einer Windböe nach links abdrehte und die linke Tragfläche sich Richtung Boden drehte. Ganz langsam fing der Rumpf an zu brennen und die Flammen fraßen sich durch das Holz, bis der ganze Rumpf und die Tragflächen des Fluggerätes in Flammen standen. Eingehüllt in lodernde Flammen flog das Flugzeug mit der Nase voraus zu Boden und zog dicke schwarze Rauchschwaden hinter sich her. In seinem Kopf hörte er von weit entfernt stille schreie von verbrennenden Menschen.

Obwohl es ihm von Yvonne verboten wurde, setzte sich Joel auf dem Rückweg von der Schule immer wieder auf die Stange seines Rollators, um sich den kleinen Hügel, der auf der Strecke lag, hinabrollen zu lassen. Ihm war zwar klar, dass sich die Stange eventuell verbiegen könnte, aber er konnte der Versuchung einfach nicht widerstehen. Es war auch daher gefährlich, weil er hätte stürzen können, wenn er seine Füße zu früh wieder auf den Boden gesetzt hätte. Ihm war es schon ein paarmal passiert, dass er versucht hat zwischen dem Gestänge zu rennen und er über seine Füße stolperte. Der Rollator wurde dann hinten hochgerissen und er fiel vorne über. Zum Glück hatte er sich dabei nie ernsthaft verletzt.

An einem warmen sonnigen Tag bekam die rote Gruppe neuen Zuwuchs. Ein Mädchen mit langen blonden Haaren und blauen Augen, die auf den Namen Nicole hörte. Nicole konnte laufen und reden. Ihr Aufenthalt in der Klinik sollte nur einer Auffrischung der erlernten Fähigkeiten dienen, sozusagen eine Kurkur, um das erlernte zu vertiefen und nochmal etwas Krankengymnastik zu machen. Nicole hatte eine starke Ausstrahlung, zumindest war das der erste Eindruck, den man von ihr hatte. Sie ging an der Hand ihrer Mutter, die sie auf die rote Gruppe brachte, überall mit hin. Zuerst in ihr Zimmer, um das Gepäck abzuladen, dann durch die Räumlichkeiten der Einrichtung. Aufmerksam sah sie sich interessiert um und trug immer ein freundliches Lächeln auf ihrem wunderschönen Gesicht. Man merkte sofort, dass sie sich in den Räumlichkeiten wohlfühlte. Hellen, die ihnen zuvor die Räume der Gruppe gezeigt hatte, bat die Mutter und Nicole an dem großen Esstisch in der Mitte des großen Aufenthaltsraumes Platz zu nehmen und stellte ihnen etwas zum Trinken hin. Für Nicole gab es Mineralwasser und ihre Mutter bekam eine Tasse mit duftendem Kaffee. Dann erklärte Hellen Nicoles Mutter die wichtigsten wenigen und einfachen Regeln der Gruppe, die Nicole direkt betrafen. Nach diesem kurzen Gespräch und einer Tasse Kaffee brachte Nicole ihre Mutter zum Ein- bzw. Ausgang hinunter und verabschiedete sich von ihr. Mit Tränen in den Augen kam sie zurück auf die Gruppe, wirkte aber dennoch sehr gefasst.

Sie setzte sich zu Joel in die Sitzecke und begrüßte ihn mit einem Lächeln im Gesicht: „Hey, hallo. Ich heiße Nicole und wer bist Du?" Joel, der gerade in ein Buch vertieft war, blickte auf, sah in ihre blaue Augen, in denen man ertrinken konnte und stammelte: „J… J… Joel. Ich heiße Joel." „Wie ich sehe, bist Du gerade beschäftigt. Ich habe gedacht, dass Du mir vielleicht etwas das Haus zeigst, aber wenn Du beschäftigt bist, werde ich mich alleine etwas umschauen." Sie stand schon von ihrem Platz auf, als Joel sein Buch zusammenklappte, auf den Tisch legte und sagte: „Selbstverständlich möchte ich Dir das Haus zeigen …" „Schön. Das freut mich…." Joel hatte zum Glück an diesem Nachmittag keinen Termin mehr auf seiner Therapiekarte stehen und konnte sich Zeit für Nicole nehmen. Er stellte sich zwischen seinen Rollator und sie gingen gemeinsam zu Hellen, die gerade damit beschäftigt war, Nicoles Kleidungsstücke in den für sie vorgesehenen Schrank zu räumen und Joel sagte ihr, dass er Nicole das Haus zeigen wolle. Gemeinsam gingen sie nebeneinander aus der roten Gruppe hinaus und Nicole passte sich gleich Joel's Geschwindigkeit an. Er konnte mit dem Rollator nicht zu schnell laufen. Wozu hätte er sich auch beeilen sollen? Er hatte doch alle Zeit, die er brauchte. In solch einer Klinik kommt es nicht unbedingt auf Schnelligkeit an. Nicole ließ sich von Joel zeigen, wo die einzelnen Gruppen, das Stationszimmer und die Räume der Psychologen waren, dann stiegen sie gemeinsam in den Aufzug und fuhren hinab in das Erdgeschoss des Hauses, wo Joel ihr die Räume der Krankengymnastik, der Ergotherapie und den Bastelraum zeigte. Nachdem sie mit diesem kurzen Rundgang fertig waren, gingen sie aus dem Gebäude hinaus und setzten sich auf eine Bank in der Sonne auf dem runden Vorplatz. Nicoles blondes langes Haar wurde von der leichten Brise hin und her geweht und ihre Augen funkelten zauberhaft. Joel kam sich ihr gegenüber irgendwie komisch vor. Er mit seinen speziell für ihn angefertigten orthopädischen Schuhen, die auffallend anders waren, als ihre Schuhe und mit dem Rollator und seiner linken Hand, die er nicht richtig bewegen konnte. Er hatte damit echte Komplexe. Es war schwierig für ihn zu akzeptieren, dass er anders war, als andere. Obwohl er eigentlich noch ein Kind war, machte er sich doch schon reichlich Gedanken über das, was ist und das, was einmal sein wird. „Aus welchem Grund bist Du hier, Joel?" Mit dieser Frage brach Nicole das minutenlange Schweigen und weckte Joel aus einer Art Tagtraum. „Ich habe mir letztes Jahr beide Beine gebrochen, als ich beim Spielen von einem Baum gefallen bin", berichtete Nicole mit einem leichten Lächeln im

Gesicht. „Ich hatte damals in jedem Bein eine Platte drin und war kurz danach schon mal hier in der Klinik. Mein jetziger Aufenthalt hier dient nur der Auffrischung aber ich freue mich, hier zu sein." Sie sprachen noch eine Weile, während sie in der wärmenden Sonne saßen, bis Hellen zu ihnen kam, um sie zum Abendessen zu holen. Nicole hatte ihren Sitzplatz schräg gegenüber von Joel und sie zwinkerte ihm hin und wieder zu. Man konnte sofort erkennen, dass sie ihn mochte. In den kommenden Tagen sprachen sie häufiger miteinander und spielten gemeinsam in der Spielecke der roten Gruppe. Joel spürte, dass er sich ihr gegenüber für nichts schämen musste. Mädchen gegenüber kam er sich wegen seines Sprechens und seiner Schuhe irgendwie blöd vor aber nicht bei Nicole. Nach drei oder vier Tagen fragte sie ihn, ob er Lust hätte, mit ihr durch das Klinikgelände zu laufen und Joel war von dieser Idee natürlich nicht abgeneigt. Sie gingen beide aus der elektrischen Schiebetür, die sich öffnete, wenn man in den Strahl des Sensors ging. Draußen strahlte die Sonne am Himmel und nur wenige kleine Wolken waren zu sehen. Sie gingen über den kleinen Vorplatz auf den Weg, der Richtung Schule führte. An diesem Tag war kein Lehrer oder sonst wer in dem Gebäude. Es war schließlich Samstag und niemand hatte Therapie. Vor den Häusern der großen Patienten saßen einige lachend vor den Eingängen, rauchten, unterhielten sich und erholten sich von den Anstrengungen der Woche. Sie genossen ebenso die wärmende und kraft bringende Strahlen der Sonne. Aus manchen offenen Fenstern der Zimmer, in denen die Patienten untergebracht waren, ertönte laute Musik. Aus einem der Zimmer erklang eine ruhige Melodie, die von einer Gitarre gespielt wurde und darauf folgte ein englischer Text: „sometimes we feel like suicide …" Joel wusste zwar, dass Suicide das englische Wort für Selbstmord war, doch mit dem Rest konnte er nichts anfangen. Auch Nicole konnte nicht sagen, was das zu bedeuten hatte. Nach einem längeren Gitarrensolo ging der Text weiter: „Caused by the problems which we have …" Joel fragte einen der jungen Männer, die vor dem Haus saßen und rauchten, was der Sänger dieser Band, die er nicht kannte, sang. Ein glatzköpfiger Junge im Rollstuhl mit amputierten Beinen sagte zu ihm: „Sinnesgemäß singt er davon, dass er sich wegen seiner Probleme manchmal wie ein Selbstmörder fühlt bzw. dass er sich manchmal gerne umbringen würde …" Man konnte merken, dass der Junge bei diesen Worten ganz nachdenklich wurde. „Ich kann das gut verstehen", sagte Joel, während Nicole neben ihm stand und sich etwas langweilte. Sie wollte nichts von

Selbstmord oder dergleichen wissen. Sie war mit ihrem Leben zufrieden, so wie es war. Selbstverständlich hatte sie hier und da ihre Probleme doch sich deswegen das Leben nehmen, kam für sie nicht infrage bzw. kam sie nicht auf solche Gedanken. Sie dachte sich immer, dass sie noch so jung war und das Leben noch so vieles bringen konnte. Joel ging es da ganz anders. Er war auf dem steinigen Weg von ganz unten nach oben. Dieser Weg kostete ihn sehr viel Kraft und manchmal spürte er so viel Schmerz in sich, dass es ihm fast zu viel wurde weiterzukämpfen. Das schlimmste für ihn war allerdings, dass er kaum Erinnerungen an sein bisheriges Leben hatte. Ihm fehlten so viele Jahre seines Seins, dass er manchmal nicht wusste, ob alles real ist oder nur ein Traum war. Ihm wurde zwar immer erzählt, wie er vor dem Unfall war und was er alles getrieben hatte doch dies war für ihn nicht greifbar. Natürlich nahm er sein Leben mit Kinderaugen wahr und lebte noch in einer anderen Welt aber manchmal wenn er so Nachts in seinem Bett lag und nicht einschlafen konnte, machte er sich schon Gedanken darüber, was noch alles kommen wird und fragte sich, was er aus seinem Leben machen sollte. Er war für sein Alter geistig schon recht weit entwickelt und sah das Leben oft mit anderen Augen, als andere Kinder seines Alters.

Sie gingen gemeinsam vorbei an den Häusern mit den großen Buchstaben, einen kleinen Berg hinauf, zu dem Gebäude, in dem das Schwimmbad und die Wäscherei der kompletten Anlage waren. Nicole hatte einen Einfall: „Hey Joel. Lass uns auf die Wiese liegen und die Wolken betrachten." Das Gras der Wiese war frisch gemäht und roch angenehm. Sie legten sich nebeneinander auf das weiche Grün und blickten in den Himmel. Der Abstand zwischen ihnen betrug nur ca. einen halben Meter. „Wünschst Du Dir auch manchmal ein Vogel zu sein?", fragte Nicole, als sie einen Vogel über ihnen fliegen sah. „Frei sein, wie ein Vogel. Davon träume ich oft. Einfach hinfliegen, wann und wohin man möchte." „Ja. Das stelle ich mir auch schön vor", gab Joel zu. Diesen Traum hat wohl mal jedes Kind. Sie sahen zu, wie die Wolken über das Himmelszelt zogen und bei jeder neuen Wolke, die sie sahen, redeten sie darüber, woran sie diese Wolke erinnerte oder wonach sie aussah. Eine Wolke erinnerte Joel an seine Hündin Lassy, die andere wieder an seinen Kater usw. Die Vögel zwitscherten vergnügt und sangen ein Lied von Freiheit. Joel blickte ab und zu in Nicole's Richtung und sah, wie sich ihr Brustkorb von dem rhythmischen atmen hob und wieder senkte. Sie genossen es, im Schein der Sonne zu liegen, den Vögeln zuzuhören und die Wolken am

Himmel vorbeiziehen zu sehen. Sie fühlten sich in gewissem Sinne frei. Nach einiger Zeit ließ Nicole ihre Hand langsam an Joel´s Rumpfseite wandern und vorsichtig, schüchtern und behutsam, ergriff Joel mit seiner Hand ihre und sie umschlossen sich gegenseitig. Ihm schossen 1000 Gedanken durch den Kopf und er konnte keinen klaren Gedanken mehr fassen. Es war ein angenehmes Gefühl, welches er hatte. Er spürte ihre warme Hand in seiner. Ihm wurde kalt und warm zugleich. Das war das erste Mal, dass er mit einem Mädchen Händchen hielt und er wusste nicht, wie er damit umgehen sollte. Zwar hatte er von seinen größeren Freunden schon oft davon gehört, wie es sich anfühlt, aber das war nicht dasselbe, wie selber die Hand eines Mädchens zu halten. Er mochte Nicole sehr und fühlte sich, wie es Kinder in seinem Alter tun, zu ihr hingezogen. Am liebsten wollte er die ganze Zeit bei ihr sein und in ihre schöne Augen sehen und ihre Hand halten. Er genoss ihre Anwesenheit einfach und konnte nicht genug davon bekommen.

An diesem Wochenende wurde Joel von seinem Onkel Gerd abgeholt, um für zwei Tage zu Hause zu sein. Er hatte sich schon lange darauf gefreut, wieder die Wohnung zu sehen, in der er groß geworden war. Oft hatte er sich gefragt, wie die Wohnung wohl aussah, in der er so viele Jahre seiner Kindheit verbracht hatte. Er hatte zwar noch verschwommene Erinnerungen, doch diesen wollte er nicht ganz vertrauen.

Er saß also in dem Wagen von Gerd und erzählte ihm, wie es ihm seit dem letzten Besuch von ihnen ergangen war, was er alles getan hatte und wie gespannt er war, was ihn erwarten würde, während sie mit hoher Geschwindigkeit über die Autobahn fuhren die Häuser und Bäume schienen an ihnen vorbeizufliegen. Joel sah aus dem Fenster doch er konnte sich nicht daran erinnern, diese Strecke schon mal gefahren zu sein. Wie sollte er das auch? Als er mit dem Krankenwagen hier gefahren wurde, war er noch nicht ganz bei Bewusstsein und zudem konnte er aus der Kabine des Krankenwagens nur wenig sehen.

Als sie von der Autobahn herunterfuhren und die Häuser und Bäume wieder langsamer und deutlicher erkennbarer wurden, sagte Joel mit freudiger Stimme: „Du, Onkel Gerd …" „Hmm, was ist denn Joel?" „Ich kann mich ganz leicht an das Bild hier erinnern. Hier ist das Hotel, da drüben ist die Tankstelle und weiter vorne kommt die Bank …" „Ja. Ganz genau. Jetzt ist es nicht mehr weit und wir sind daheim." „Dort drüben auf den Feldern habe ich früher oft mit Nadine und den anderen Kindern gespielt …" Sie fuhren noch durch einige Straßen in Richtung des Hauses, in dem Jodelns Wohnung war und Joel blickte fasziniert aus dem Fenster und erkannte verschiedene Häuser wieder. Langsam taute seine Erinnerung wieder auf und er sah vor seinem geistigen Auge einen kleinen Jungen, der durch die Straßen lief. Ganz vage konnte er sich auch daran erinnern, wer von seinen Freunden oder Bekannten in welchem Haus wohnte. Sie parkten vor dem kleinen Vorgarten des Mehrfamilienhauses und Joel wartete im Auto, bis Gerd seinen Rollstuhl, den sie wegen der Beweglichkeit in der Wohnung mitgenommen hatten, aus dem Kofferraum geholt, zusammengebaut, neben die geöffnete Autotür gestellt hatte, dann schwang er sich gekonnt in den Stuhl, wartete bis sein Onkel das Auto abgeschlossen hatte und ließ sich dann zu den Treppen am

Hauseingang schieben. Gerd klingelte an der Türe, wartete, bis ihm Thomas durch einen Knopfdruck öffnete, stellte die Türe fest und zog Joel in seinem Rollstuhl rückwärts die Treppen hinauf und in das Haus hinein. Thomas stand in der offenen Wohnungstüre und wartete auf das Erscheinen seines Sohnes. „Hallo mein Schatz. Habt ihr eine gute Fahrt gehabt?" „Hallo Papa", antwortete Joel und man sah in seinem Gesicht die Freude, die er hatte, als er seinen Vater sah. „Ja, es war nicht viel Verkehr und durch Joel hatte ich genug Unterhaltung", sagte Gerd grinsend und schob sich die Brille auf seiner Nase etwas nach hinten. Er wollte darauf anspielen, dass Joel redete wie ein Wasserfall aber das war Joel egal. Er wusste, dass er redete, wie ein Wasserfall doch ihm war es wichtig, sich anderen mitzuteilen und wollte möglichst alles erzählen. „Danke, dass Du Joel abgeholt hast, Gerd. Möchtest Du noch eine Tasse Kaffee trinken?" „Nein, danke. Ich fahre gleich Heim zu meiner Familie. Die warten sicher schon mit dem Essen auf mich. Aber bei Gelegenheit können wir das gerne nachholen, Thomas." Mit diesen Worten verabschiedete sich Gerd wieder und ließ Thomas und Joel alleine. „Sven kommt auch bald nachhause", sagte Thomas zu Joel, als er die Türe hinter sich geschlossen hatte und ihn ins Wohnzimmer schob. Sven war Joel´s älterer Bruder, der ihn auch schon im Krankenhaus und auf Reha besucht hatte. Mit ihm verstand sich Joel gut. Wie es bei Geschwistern meistens der Fall ist, war Sven eine Art Vorbild für Joel. Joel gefiel dieselbe Musik, wie Sven und wollte er später auch mal lange Haare wie haben. „Es freut mich, dass Du endlich wieder mal zu Hause bist. Kannst Du Dich noch an die Wohnung erinnern?" Erzähl doch mal, was Du seit unserer letzten Begegnung getan hast." Thomas hatte so viele Fragen an seinen Sohn doch er wollte ihn erst mal in Ruhe ankommen und sich wieder an die Situation gewöhnen lassen, bevor er ihn mit seinen Fragen bombardierte. „Ja, ich kann mich noch an unsere Wohnung erinnern", antwortete Joel freudig. Er erzählte seinem Vater stolz, welche Übungen er bei Yvonne in der Krankengymnastik und bei Birgit in der Ergotherapie gemacht hatte und was er in der Schule alles gelernt hatte. Er erzählte ihm mit glänzenden Augen von Nicole und was er mit ihr zusammen alles erlebt hatte. Besonders ausführlich beschrieb er ihm das Gefühl, welches er spürte, als er ihre Hand gehalten hatte, während sie auf der Wiese lagen und in den Himmel sahen. „Du wirst ja zum richtigen Playboy", sagte Thomas lachend und Joel stimmte laut lachend mit ein. „Ich bin echt überglücklich, dass Du solche Fortschritte machst", sagte Thomas. „Wir hatten verdammt viel Glück, dass nicht mehr passiert ist. Dich hat es leider mehr als mich getroffen. Aber glaub mir, wenn ich das auf mich nehmen könnte, was Dir widerfahren ist, ich würde es sofort tun, nur damit es Dir wieder besser geht ..." Bei diesen Worten konnte Joel die Schuldgefühle seines Vaters in seinen Augen sehen. „Ich hätte nie gedacht, dass mir so etwas passieren kann ..." Thomas rollten dicke Tränen über die Wangenknochen und er wischte sie sich immer wieder mit einem Taschentuch weg doch er biss sich auf die Zunge, um nicht laut zu heulen, um den Schmerz zu unterdrücken. „Morgen können wir eine Runde spazieren gehen, wenn Du magst. Vielleicht hilft das Deiner Erinnerung weiter." „Ja. Ich kann mich noch an manche Orte schwach erinnern und würde da gerne hingehen, um zu sehen, wie es da jetzt aussieht ...", antwortete Joel. „Allzu viel hat sich hier während Deiner Abwesenheit nicht verändert aber selbstverständlich gehen wir dort hin, wo Du gerne hin möchtest, Joel". In seinem Kinderzimmer hatte Thomas während seiner Abwesenheit eine Schrankwand aus hellem Holz angebaut. Auf der Höhe von ca. 120 bis 150 cm war eine durchgängige Ablage an die Wand geschraubt. Am unteren Ende der Wand war eine Matratze mithilfe von Scharnieren befestigt, die bei Nichtbedarf hochgeklappt werden konnte. Über der Ablage hatte

Thomas einen Kasten mit Fächern zur Ablagemöglichkeit zusammengebaut. Neben diesem Kasten hingen rechts und links jeweils ein Schränkchen mit Türen. Gegenüber der Schrankwand stand Joel´s Schreibtisch mit Joel´s Computer darauf. An diesem Schreibtisch hatte er vor seinem Unfall immer seine Hausaufgaben erledigt. Er konnte sich noch gut daran erinnern, dass damals, ein Stockbett in dem Zimmer an der Wand stand, wo nun das Regal angebracht war und dass er das Zimmer mit seinem Bruder teilen musste. Er schlief damals oben und Sven in dem unteren Bett des Stockbettes. Da sie sich damals die meiste Zeit im Freien aufgehalten hatten, gab es nur selten Streit in dem Zimmer. Sie spielten oft an dem kleinen Bach, der nicht weit weg von ihrer Wohnung war, tobten auf den naheliegenden Feldern herum oder spielten zwischen den Hochhäusern in ihrer Nachbarschaft. Sven hatte nach dem Auszug ihrer Mutter das damalige Schlafzimmer der Eltern bezogen und Thomas schlief auf einem Reisebett im Wohnzimmer, welches er nach dem Aufstehen immer schön fein säuberlich zusammenklappte und in einer Ecke in Joel's Zimmer verstaut hatte. Thomas wollte, dass Joel das alte Kinderzimmer für sich hatte. Schließlich brauchte er mit seinem Rollstuhl auch mehr Platz.

Sie hörten, wie ein Schlüssel in das Schloss der Wohnungstüre gesteckte und gedreht wurde. „Jetzt kommt Sven nachhause", sagte Thomas. Joel war ganz gespannt und konnte es kaum erwarten, seinen Bruder wiederzusehen. Thomas und Joel konnten vom Wohnzimmer aus hören, wie sich die Türe öffnete, Sven die Wohnung betrat und die Türe wieder hinter sich schloss. Dann betrat der große junge Mann mit langen gelockten Haaren das Wohnzimmer mit einem Grinsen im Gesicht. Sein Blick fiel zuerst auf Joel. „Hey, Joel. Wie geht es Dir? Ist alles klar? Du siehst schon immer besser aus und ich habe gehört, dass Du auch gute Fortschritte machst …" „Ja, danke Sven. Mir geht es schon viel besser und ich kann an einem Rollator laufen aber jetzt sitze ich im Rollstuhl, weil es hier zu eng ist, um sich mit dem Rollator zu bewegen." „Das finde ich klasse, Joel. Ehrlich. Bald wirst Du sicher wieder mit Deinen Freunden hier durch die Straßen rennen …" „Das hoffe ich auch", erwiderte Joel grinsend mit glänzenden Augen. Er wusste nur nicht, dass von damals kaum noch jemand da war, der sich mit ihm abgeben wollte. Wahrscheinlich wollte keines der Kinder mit einem Jungen spielen, der langsamer als sie war und auf den sie Rücksicht nehmen mussten. „Sven?" „Hmm?" „Morgen möchte ich gerne zu meiner alten Schule. Gehst

Du mit mir da hin?" „Selbstverständlich. Ich gehe mit Dir hin, wo Du möchtest. Vorausgesetzt wir kommen mit Deinem Rollstuhl dort hin." „Toll. Das freut mich. Ich möchte sehen, wo ich früher in den Pausen getobt und gespielt habe." Thomas hatte zum Abendessen Joel´s Leibgericht gemacht. Sie unterhielten sich den ganzen Abend zu dritt, wovon die meiste Zeit Joel erzählte, was er in der Klinik von seiner Reha alles erlebte und was er schon alles geschafft hatte. Ganz stolz erzählte er auch von dem Jungfernflug seines Flugzeugs.

Am nächsten Tag ließ Thomas Joel und Sven ausschlafen, während er Kaffee kochte und den Tisch schön eindeckte. Dieses Mal gab er sich besonders Mühe, alles schön herzurichten, weil er damit Joel eine Freude machen wollte. Ihm war es wichtig, dass Joel sich wohlfühlte und es ihm an nichts fehlte. Nachdem er den Tisch mit Tellern, Tassen, Wurst, Käse, Marmelade usw. gedeckt hatte, rauchte er noch eine Zigarette und ging anschließend zu Joel ins Zimmer. Leise ging Thomas zu Joel´s Bett, beugte sich zu ihm hinunter, streichelte ihm über die Wange und sagte leise und liebevoll: „Guten Morgen, mein Schatz. Es wird so langsam Zeit, dass Du aufstehst. Der Frühstückstisch ist schon gedeckt und der Kaffee läuft. Draußen scheint die Sonne und es ist angenehm warm. Also steht Deinem

Ausflug mit Sven nichts im Wege. Ich werde ihn auch gleich wecken, damit wir gemeinsam schön gemütlich frühstücken können." Joel richtete sich, während Thomas das Zimmer verließ, im Bett auf und begann sich anzuziehen. Dann ging Thomas zu dem Zimmer nebenan, machte die Türe auf und sagte: „Los raus. Du fauler Sack. Du hast heute noch einiges vor." Diese Art mit Sven zu reden, war von Thomas nicht böse gemeint, seine ironische Art und Weise. So redete er immer mit ihm und Sven war diesen Ton schon gewohnt. Sven drehte sich herum, zog die Bettdecke über sein Gesicht und sagte mit verschlafener Stimme: „Ja, ich komme sofort. Gib mir noch 5 Minuten..." Daraufhin ging Thomas zu seinem Bett und zog die Decke am Fußende weg. Sven gelang es jedoch, das obere Ende der Decke zu greifen und so begann ein Tauziehen mit seinem Vater, begleitet von Gelächter. Während Sven und Thomas ihren Kleinkrieg um die Bettdecke ausführten und Sven das Bett nicht verlassen wollte, setzte sich Joel in seinen Rollstuhl und fuhr vorsichtig ins Badezimmer, um sich die Zähne zu putzen und sich zu waschen. Letztendlich war Thomas doch der stärkere und riss Sven die Decke vom Bett, sodass er sich doch dazu entschied aufzustehen. 10 Minuten später saßen sie alle gemeinsam am gedeckten Tisch und jeder von ihnen hatte eine Tasse köstlich riechenden und dampfenden Kaffees vor sich stehen. Was möchtest Du denn gerne essen, Joel? "Soll ich Dir ein Brötchen mit Marmelade streichen", fragte Thomas. „Ja, bitte. Mit der Pfirsich-Marmelade." Joel hätte sich zwar selber das Brötchen streichen können aber er ließ sich gerne bedienen und er dachte, dass es seinem Vater nichts ausmachen würde, ihm diesen Gefallen zu machen. Sie frühstückten alle gemütlich und ausgiebig. Nach dem Frühstück brachen Sven und Joel auf ihren Ausflug auf. Sven schob seinen Bruder im Rollstuhl auf dem Weg in Richtung Schule, den Joel damals Tag für Tag gegangen war. Vorbei an dem Kindergarten, den Joel einst besucht hatte und vorbei an dem Spielplatz, auf dem Joel immer getobt und mit Sand gespielt hatte, vorbei an dem Sportplatz, auf dem er mit seinen Freunden und in der Mannschaft Fußball gespielt hatte. Dann musste Sven seinen Bruder einen kleinen Berg hinauf schieben, um auf den Pausenhof der Schule zu gelangen. „Mensch, ist das anstrengend …puh … Du wiegst einiges …puh … Scheinbar scheint Dir das Essen in der Klinik zu schmecken …puh … Kannst Du Dich an das hier erinnern? ….puh… Du Fettsack…puh…" Joel konnte sich das Lachen nicht verkneifen und sagte: „Natürlich kann ich mich noch etwas daran erinnern, wie ich hier gespielt habe." Als sie oben angekommen waren, zeigte Joel mit seinem Finger in Richtung der Treppen, welche zu dem Gebäude mit den Klassenzimmern führte und sagte: „Dort möchte ich gerne hin. Ich möchte mich gerne auf die Bank da oben setzen, auf der ich in den Pausen so oft saß." Sven schob Joel an das Geländer neben den Treppen und sagte zu ihm: „Halte dich an dem Geländer fest. Ich gehe neben Dir mit hoch und passe auf, dass Du nicht hinfällst." Joel machte die Bremsen des Rollstuhls fest, griff erst mit der rechten Hand nach dem Geländer, zog sich aus dem Rollstuhl, wobei ihm Sven half und dann griff er mit der linken Hand nach dem Geländer. Sven stand neben ihm und hielt eine Hand vor und die andere hinter Joel, um ihn notfalls auffangen zu können. Vorsichtig zog Joel Seine Füße die Treppen hinauf und entfernte sich somit immer mehr seinem Rollstuhl. Auf der Hälfte des Weges, nach dem ersten Treppenblock hielt Joel inne und sagte zu seinem Bruder: „Sven, wir müssen kurz eine Pause machen. Ich muss kurz durchatmen." „Lass Dir ruhig Zeit, Joel. Wir haben alle Zeit der Welt. Wir sind die einzigen, die hier sind. Du musst Dir keine Sorgen machen. Ich weiß, dass Du es schaffst." Nach ein oder zwei Minuten Pause, signalisierte Joel seinem Bruder, dass sie den zweiten Treppenblock in Angriff nehmen konnten und zog wie gehabt seine Füße Treppe für Treppe nach oben. Oben angekommen schlang sich Joel als Erstes um die Säule und hielt sich daran fest, bis Sven sagte: „Komm. Wir sind noch nicht ganz da. Ich halte Dich, während wir rüber zur Bank gehen." Joel ließ die Säule los und stand zuerst etwas wacklig da. Sven legte seinen Arm um ihn und hielt ihn fest. Langsam gingen sie die ca. zwei bis drei Meter von der Säule zur Bank, wobei Joel etwas schwankte, da er nichts außer Svens Stütze hatte, was ihm Halt gab. Trotz Joel's großer Angst, hinfallen zu können, schafften sie es bis zu der Bank und Joel ließ sich ersichtlich erleichtert darauf nieder. Erleichtert darüber, dass er es geschafft hatte, die paar Meter mit Svens Hilfe fast freizulaufen. „Das hast Du klasse gemacht, Joel. Ich bin stolz auf Dich." Joel saß mit stolz geschwellter Heldenbrust auf der niedrigen Bank und man sah ihm an, dass er sich über diesen kleinen Erfolg freute und ebenfalls stolz darauf war, was er geschafft hatte. Joel erzählte davon, wie er in den Pausen mit seinen Freunden immer dort saß und Quartett gespielt oder wie er mit ihnen über den Pausenhof gerannt ist und Fangen oder Verstecken gespielt hatte. Mit einem breiten Grinsen auf dem Gesicht erzählte er, wie er und seine Freunde die Getränketüten, nachdem sie leergetrunken waren immer aufgeblasen hatten und dann drauf gesprungen sind und sie

somit zum Platzen gebracht hatten. Dies war immer ein wahnsinniger Lärm und die Pausenaufsicht regten sich immer mordsmäßig darüber auf, was die Kinder immer freute. Nach etwa fünf Minuten stand Sven auf, stellte sich breitbeinig hin und sagte zu Joel: „So, jetzt versuche mal die paar Schritte von der Bank zu dem Geländer freizulaufen. Ich bin neben Dir und fange Dich auf, falls Du stürzen solltest. Du brauchst also keine Angst zu haben …"
„Ich traue mich nicht", erwiderte Joel und in seiner Stimme lag ein Hauch von Angst. „Jetzt komm. Du hast es die Treppen hier rauf so gut gemeistert. Das wirst Du auch schaffen. Ich weiß, dass Du es kannst. Ich glaube an Dich. Wie gesagt, bin ich da und passe auf, dass Dir nichts passiert." Diese Worte seines Bruders lösten in Joel eine Art Antrieb aus und er sagte, dass er es versuchen wollte. Sven stellte sich neben ihn und half im aufzustehen. Dann ließ er ihn los und ging einen kleinen Schritt zurück. Zuerst stand Joel etwas wacklig da aber nach einigen Sekunden hatte er sein Gleichgewicht wieder im Griff. Langsam setzte Joel einen Fuß vor den anderen. Dabei hob er jedoch die Beine nicht weit vom Boden ab, da er Angst hatte, sein Gleichgewicht dadurch verlieren zu können. Es war ein ungewohntes und seltsames Gefühl so ganz ohne etwas wie seinem Rollator oder einem Geländer zu laufen, was ihm

Halt gab. Sven stand nur etwa einen Meter neben ihm und achtete darauf, dass ihm nichts passierte. „Ja. Das machst Du ganz hervorragend", feuerte Sven seinen Bruder an. „Nur noch ein paar Schritte und Du bist an dem Geländer. Weiter so." Joel konzentrierte sich nur auf seine Füße. Alles andere blendete er aus, um nicht abgelenkt zu werden. Die Worte seines Bruders schienen von ganz weit wegzukommen und drangen nur schwer zu ihm durch. So ging er hoch konzentriert Schritt für Schritt bis zu dem Geländer und mit jedem Schritt, den er seinem Ziel näher kam, merkte er, wie ein Stück Ballast von ihm abfiel. An dem Geländer angekommen, hielt er sich sofort krampfhaft mit seiner rechten Hand fest und atmete erst mal tief durch. Sein Hirn wurde mit Dopamin überflutet und versetzte ihn in einen kurzzeitigen Rausch. So musste sich ein Hochleistungs-Sportler fühlen, der in seiner Disziplin gerade den 1. Platz belegt hatte. „Das hast Du einfach klasse gemacht. Das ist der absolute Hammer. Ich bin so stolz auf Dich", sagte Sven, dem die Freude im Gesicht geschrieben stand. Er umarmte seinen Bruder und hätte ihn dabei fast um geschmissen, weil er nicht daran gedacht hatte, dass Joel noch nicht das Gleichgewichtsgefühl hatte, aber er passte schließlich darauf auf, dass Joel nicht umflog. „Lass uns zurück zu Deinem Rollstuhl gehen." Joel drehte sich so herum, dass er mit Blick in die Richtung stand, in die er laufen musste und setzte langsam einen Fuß vor den anderen. Sven lief im selben Tempo neben ihm her und achtete darauf, dass Joel nicht stolperte, mit dem Fuß abknickte oder ähnliches. An der Treppe angekommen bat Joel Sven, dass er ihn an seinem linken Arm stützte, da er befürchtete sonst aus dem Gleichgewicht zu kommen, weil ihm Treppen absteigen schwerer zu sein schien, als Treppen hinauf zu gehen. Langsam setzte Joel einen Fuß von der obersten Treppe hinunter auf die nächste Stufe und immer weiter so, bis er wieder in seinem Rollstuhl saß. „Mensch, wie geil ist das denn? Du bist echt der Wahnsinn. Ich bin ganz fest davon überzeugt, dass Du diesen dummen Rollstuhl bald nicht mehr brauchst und wieder wild rumrennen kannst", sagte Sven hüpfend, um seine Freude zum Ausdruck zu bringen. Auf dem Heimweg scherzten und lachten sie und freuten sich über Joel´s Erfolg. In der Wohnung wurden sie schon von Thomas erwartet, der während ihrer Abwesenheit Spaghetti mit Tomaten-Hackfleisch-Soße zubereitet hatte. Der Tisch war schon gedeckt und sie konnten sofort Platz nehmen. Während Thomas Joel´s Teller nahm, um ihm eine Portion Nudeln und Soße darauf zu schöpfen, fragte ihn Sven: „Papa, weißt Du was Joel gemacht hat?" „Nein, woher soll ich das wissen? Ich war ja hier und habe gekocht." „Er hat es wirklich geschafft, zwei bis drei Meter frei, ohne eine Stütze, zu laufen …" Thomas wäre beinahe der mit Soße gefüllte Schöpfer aus der Hand gefallen, als er diese Nachricht gehört hatte. „Was hast Du gemacht, Joel? Das ist ja klasse. Da wäre ich gerne dabei gewesen. Das hätte ich gerne gesehen. Ich bin total stolz auf Dich, mein Schatz." „Ja", sagte Joel mit stolzgeschwellter Heldenbrust. Diesen Abend verbrachten Thomas und Joel gemütlich vor dem Fernseher. Sven zog nochmal los, um sich mit seiner Freundin zu treffen, der er natürlich auch sofort von Joel's ersten „Freilaufversuchen" erzählte. Am Sonntag-Nachmittag klingelte es gegen 16:00 Uhr an der Türe und Joel wusste sofort, dass es sein Onkel Gerd war, der kam, um ihn wieder in die Klinik zu fahren. Mit leicht zitternder Stimme sagte er zu seinem Vater: „Papa, ich will nicht wieder gehen …" Thomas sah, wie Joel große, dicke Tränen über das Gesicht rollten und versuchte ihn mit einer ruhigen Stimme zu beruhigen: „Ich weiß, Joel. Du musst aber wieder in die Klinik. Dort übst Du dann schön weiter laufen und alles und in ein paar Wochen kommst Du wieder über ein Wochenende nach Hause." Scheinbar schienen Thomas Worte auf Joel zu wirken. Er zog sich nochmal die Nase hoch und sagte gefasst: „Ja. So mache ich es. Ich werde so gut ich kann an mir arbeiten, damit ich bald wieder ganz nach Hause kann. Ich werde dafür kämpfen und es schaffen." In Joel´s Stimme lag der Ausdruck von so viel Willen und Kraft, dass Thomas ganz genau wusste, dass sein Sohn diesen Weg meistern würde. Gerd brachte währenddessen Joel´s Tasche zum Auto. Als er wieder zurückkam, gab Thomas seinem Sohn einen Kuss und streichelte ihm über die Wange „Ich liebe Dich, mein Schatz", sagte Thomas zum Abschied und nun zitterte seine Stimme und es rollten ihm Tränen über die Wangen. Gerd half Joel auf den Rücksitz seines Wagens, verpackte den Rollstuhl im Kofferraum, setzte sich hinter das Steuer und fuhr los.

Ungefähr 10 bis 15 Kinder waren auf dem kleinen Weg von dem Kinderhaus zu dem Schulgebäude unterwegs, um sich dort einen Film in dem wöchentlichen Kino anzuschauen. Sie gingen gemeinsam, manche tobend, im Schein der Laternen, die an den Wegrändern standen und freuten sich auf die Vorstellung. Nicole und Joel liefen gemütlich ich. Nicole und Joel waren zu einem fast unzertrennlichen Paar geworden. Die meiste freie Zeit, die sie hatten, waren sie zusammen. Für sie war es aber nur ein Spiel. Schließlich kannten sie noch nicht die wahre Bedeutung von Liebe. Insgeheim stellte sich Joel zwar schon manchmal vor, wie es wäre, in ein paar Jahren mit ihr zusammen zu sein doch diese Vorstellungen behielt er für sich. Auch von Nicoles Seite aus gab es diesbezüglich keine Äußerungen. Zwar hatte sie manchmal ähnliche Gedanken aber auch sie behielt diese für sich. Keiner von ihnen wollte sich dem anderen gegenüber lächerlich machen. In dem großen Nebenraum der Cafeteria versammelten sich alle Kinder und Jugendliche, die den Film anschauen wollten. In der ersten Reihe standen die Rollstühle. Nicole und Joel setzten sich in die zweite Reihe nebeneinander auf Stühle und warteten gespannt auf den Beginn der Vorführung. Das Licht ging aus und der Projektor begann zu laufen. Der Lichtkegel warf die Bilder auf die große Leinwand.

Gemeinsam verfolgten die Kinder und Jugendlichen, wie der Junge in dem Film, Die unendliche Geschichte, auf dem Rücken eines Drachens flog und sich einigen kniffligen Aufgaben stellen musste. Nach dem Abspann, in dem aufgelistet war, wer alles in dem Film mitgespielt und mitgewirkt hatte, gingen die Lichter in dem Raum wieder an und alle begaben sich auf den Heimweg.

Suicide, Suicide, Suicide, hämmerte es in Joel´s Kopf. Seit er dieses Wort und dessen Bedeutung bei dem Ausflug mit Nicole gehört hatte, ging es ihm nicht mehr aus dem Kopf und er stellte sich die Frage, wie es wohl sein musste, sich das Leben zu nehmen und tot zu sein. Joel hatte an diesem Tag ein rotes Halstuch um den Hals gebunden, welches ihm durchaus stand. Irgendwie fühlte er sich leer und von niemandem verstanden. Er fühlte sich von dem Kampf einfach müde und schwach. Er hatte es geschafft, einige wacklige Schritte freizulaufen und trotzdem sollte er weiter an seinem vierrädrigen Weggefährten laufen. Das war ihm einfach zu viel und er verstand es auch nicht richtig. Er stellte sich mit seinem Rollator an eine Wand und zog das Halstuch fester zusammen. Er merkte, wie die Luftröhre in seinem Hals enger wurde und weniger Luft in die Lunge gelangte. Zum Glück war in diesem Moment niemand da, der sehen konnte, was er da getan hatte. Nach einigen Minuten wurde es ihm etwas schummrig und er ging in seine Gruppe in den Aufenthaltsraum, wo Herr Otto, Ilona, Nicole und Normen saßen und sich unterhielten. Joel ging zu der Sitzecke und ließ sich auf einen freien Platz des Sofas fallen. Sofort fielen Herrn Otto die blauen Punkte in Joel´s Gesicht auf und er fragte: „Was hast Du denn gemacht, Joel?" Joel gab ihm auf diese Frage keine

Antwort, sondern zuckte nur mit den Schultern. Das rote Halstuch war Herrn Otto zuerst nicht aufgefallen doch nach wenigen prüfenden Blicken an Joel´s Körper, entdeckte er das Halstuch und sagte: „Mensch, Joel. Du hast das Halstuch viel zu fest zusammengezogen …" und er lockerte den Knoten. „Was ist los mit Dir, Joel? Warum hast Du das getan?" Herr Ottos fragender Blick schien ihn zu durchbohren und auch Nicole hatte einen entsetzten Blick. „Ich weiß nicht, warum ich das getan habe", war Joel´s Antwort. Doch tief in sich drinnen wusste er es ganz genau. Es war der Schmerz und all die Enttäuschungen, die er über sich ergehen lassen musste. Die Enttäuschung nicht weiterzukommen und auf dieses metallerne Ding auf vier Rädern angewiesen zu sein, obwohl er ja schon mal frei gelaufen war, die Enttäuschung, dass dieser Weg so lange dauerte, bis er sein Gleichgewicht wieder im Griff hatte. „Verspreche mir, dass Du so etwas nie wieder machst", sagte Nicole während sie ihn ansah. In ihren Augen lag eine Mischung von Entsetzen und Traurigkeit. „Nein, das werde ich nicht mehr tun", antwortete Joel.

An diesem Tag war der Abschied gekommen. Nicoles Zeit der Auffrischung war abgeschlossen und sie konnte bzw. musste die Rehabilitationsklinik wieder verlassen. Sie fand es einerseits schade, da sie sich mit allen Kindern, insbesondere mit Joel, gut verstand aber andererseits freute sie sich wieder nach Hause gehen zu dürfen. Sie hatte sich schon Tage vor ihrem Entlassungstermin darauf vorbereitet und eingestellt. Es tat ihr aber auch weh, Joel zurückzulassen und ihn nicht mehr zu sehen. Daher schrieb sie ihm einen Brief, den sie ihm mit dicken und schweren Tränen in den Augen gab:

Hallo Joel.

Es ist schade, dass ich jetzt schon gehen muss und Du noch hier bleibst. Ich würde Dich gerne noch weiter sehen und mit Dir lachen. Ich fand die Zeit mit Dir schön und hoffe Du auch. Wenn Du magst, können wir uns Briefe schreiben und in Kontakt bleiben.

Ich hab dich lieb. Gruß Nicole.

Als Joel diesen Brief las, setzte sich ein dicker Kloß in seinem Hals fest und er konnte die Tränen in seinen Augen nicht zurückhalten. Er saß in der Sitzecke der Gruppe und weinte still vor sich hin. Nicole, die noch neben ihm saß, legte ihren Arm um seinen Hals und drückte seinen Kopf an ihre Brust. Sie streichelte seinen Kopf und sagte ihm, dass es alles gar nicht so schlimm sei, da sie sich ja Briefe schreiben konnten und sie ihn immer bei sich im Herzen tragen würde.

Dann kam Nicoles Mutter. Eine schlanke, große Frau, mit ebenso blondem langen Haar wie ihre Tochter auf die Gruppe und sagte mit einem schroffem, bestimmendem Ton: „Hallo mein Schatz. Komm wir bringen deine Taschen zum Auto und fahren Heim. Verabschiede dich noch von deinem Freund, dann gehen wir." „Hallo Mama. Meine Taschen stehen dort", sie zeigte auf die zwei Reisetaschen, die neben der Türe der Gruppe standen und fügte hinzu: „Geh Du schon mal zum Auto. Ich komme gleich nach." „Lass Dir aber bitte nicht zu viel Zeit. Ich habe heute noch einiges zu tun", sagte die große schlanke Frau, während sie die Taschen an den Tragegriffen aufnahm und wieder aus der Türe ging. „So, jetzt muss ich dann langsam gehen", sagte Nicole und ließ Joel's Kopf los. Er richtete sich auf und sagte: „Ich begleite dich noch zum Auto." Sie standen auf und gingen in Richtung Haupteingang. Nicole's Mutter hatte die Taschen schon im Kofferraum des Wagens verstaut, stand auf dem runden Vorplatz vor dem Haus mit einer Zigarette in der Hand und wartete auf ihre Tochter. Als Nicole und Joel aus der elektrischen Schiebetüre kamen, sagte sie: „Wo bleibst Du denn? Wir müssen Heim. Jetzt aber schnell." Scheinbar waren ihr die Gefühle ihrer Tochter oder anderer ziemlich egal und sie wollte einfach einen schnellen Abschied machen. Nicole und Joel gingen nebeneinander auf den Parkplatz, an das Auto, mit dem Nicole's Mutter ihre Tochter abholte und umarmten sich ein letztes Mal. Dann stieg Nicole auf drängen ihrer Mutter in das Auto und winkte Joel zu. Ihr liefen große Tränen über die Wangen. Der Wagen setzte zurück, bis er richtig auf der Fahrbahn stand und fuhr langsam fort. Mit Tränen überströmtem Joel's Gesicht. Er sah dem Wagen hinterher und winkte so lange, bis das Auto hinter einer Kurve verschwand. Dann ging er weinend mit gesenktem Kopf zurück ins Haus, in seine Gruppe und verschwand dort auf seinem Zimmer, legte sich auf das Bett und fing an wie ein Schlosshund an zu weinen. Er war einfach traurig, dass Nicole wieder weg war. Sie hatten sich so gut verstanden, dass sie nicht immer Worte brauchten, um zu wissen, wie es dem anderen ging.

Diese enge Verbundenheit war etwas ganz besonderes für ihn und er war traurig, dass er dieses Gefühl nun nicht mehr mit Nicole teilen konnte. Er wollte einfach alleine sein und von niemandem etwas hören, damit er diesen Verlust verarbeiten konnte.

In der Luft lag der Geruch von gegrilltem Fleisch. Es war ein schöner und angenehmer Spätherbsttag. Es war angenehm warm. Nicht zu warm und nicht zu kalt. Leise war das Knistern und Knacken der Holzkohle, die in dem großen Grill lag und vor sich hin glühte, zu hören. Herr Otto, der Grillmeister, kümmerte sich mit einer Grillzange darum, dass das Fleisch und die Würste richtig zubereitet wurden. Die Kinder des Hauses waren alle auf dem Spielplatz und tobten ausgelassen. Einige von ihnen saßen auf der Wiese und suchten nach vierblättrigen Kleeblättern, hatten allerdings kaum Erfolg dabei. Joel und andere liefen immer wieder den kleinen Hügel zur Rutsche hinauf und rutschten die leicht verbeulte Rutsche hinunter. Durch die ständige Bewegung, die sie hatten, und den leckeren Geruch von Gegrilltem hatten sie alle einen ordentlichen Hunger und konnten es kaum erwarten, bis Herr Otto ihnen zurief, dass das erste Grillgut fertig war. Nachdem die erste Ladung Essen, was ungefähr für die Hälfte der Kinder rechte, fertig gegrillt war, rief Herr Otto zum Essen. Die Kinder versammelten sich um den Grill herum und deuteten mit den Fingern auf das Stück Fleisch oder die Wurst, die sie essen wollten. Er legte sofort wieder frische Würstchen und Fleisch nach, da einige Kinder bei der ersten Ladung leer ausgegangen waren und sich mit Brot oder Salat genügen mussten. Nach dem zweiten Schwung waren jedoch alle satt geworden und sie konnten sich nach einer kleinen Verdauungspause langsam alle gemeinsam an den Abbau machen.

Er hatte in den vergangenen eineinhalb Jahren in der Klinik wieder zu laufen, sich einigermaßen gut zu bewegen und zu sprechen gelernt. Er konnte sich selbst wieder an und ausziehen und war nicht mehr auf den Rollator angewiesen. Für längere Strecken hatte er zwar noch seinen Rollstuhl aber im normalen alltäglichen Leben konnte er sich frei bewegen. Sein eiserne Wille und Durchhaltevermögen hatte sich also ausgezahlt und ihn zu einem stolzen Jungen geformt, der zwar körperlich eingeschränkt aber geistig voll da war.

An diesem Tag war er sehr aufgeregt. In der Nacht ist er einige male aufgewacht und auch schon vor dem täglichen wecken war er wach und hatte sich schon im dunklen angezogen. Er konnte es kaum erwarten, bis sein Vater kam, um ihn abzuholen. Seine Zeit in der Klinik war abgelaufen. Die Ärzte und Therapeuten waren der Meinung, dass sie gute Arbeit geleistet hatten und Joel soweit wieder hergestellt war, um ihn zu entlassen.

Joel war schon bei dem Frühstück total hibbelig und kleckerte beim Essen des Müslis seinen Pullover voll. Nach dem Frühstück ging Frau Frosch, die an diesem Tag Dienst hatte, an Joel's Tasche und suchte einen frischen Pullover heraus, den Joel nach dem Zähneputzen anzog. Ein letztes Mal schauten sie den Schrank und das Nachtkästchen durch, um sicherzugehen, dass er auch alles eingepackt hatte und nichts zurückließ. Da Joel aber schon einige Tage mit dem Pflegepersonal der Gruppe damit angefangen hatte, seine Sachen zu packen, hatten sie natürlich nichts übersehen und alles war in seinen Taschen verstaut.

Joel war so aufgeregt und lief getrieben von der Unruhe im Haus herum. Er schaute sich noch einmal das erste Obergeschoss des Hauses an. Ging durch die Gänge, die zu den einzelnen Gruppen führten, vorbei am Stationszimmer, zu der Rutsche, rutschte in das Erdgeschoss, ging dort noch einmal in die Gänge und schließlich wieder in seine Gruppe, wo er sich dann mit Frau Frosch an den Tisch setzte und eine Tasse Kakao trank. „Na, wie fühlst Du Dich jetzt, Joel? Jetzt wo Du uns bald verlassen wirst?" „Es ist ein komisches Gefühl. Einerseits freue ich mich, wieder nach Hause gehen zu können bzw. zu dürfen aber andererseits werde ich das alles hier vermissen. Die Kinder, die Therapeuten und das Pflegepersonal. Ich habe mich hier sehr wohlgefühlt." „Das freut mich, wenn es Dir hier bei uns gefallen hat, Joel." Sie waren so in das Gespräch vertieft, dass sie überhaupt nicht merkten, wie Thomas die Gruppe betrat. Erst als sich Thomas räusperte, blickten Frau Frosch und Joel in Richtung Eingang. Joel stand sofort auf und ging in Richtung seines Vaters, der die Arme ausstreckte, um seinen Sohn zu begrüßen. „Paaapaaa…", schrie er aufgebracht vor Freude, als er sich in Thomas Arme fallen ließ. „Immer schön langsam, mein Schatz." Thomas fing seinen Sohn auf und umarmte ihn. Nachdem Joel seinen Vater ausgiebig begrüßt hatte, widmete Thomas seine Aufmerksamkeit Frau Frosch, die noch einige Worte an ihn richten mochte. „Wir freuen uns, dass Ihr Sohn bei uns war und es ihm nun wieder besser geht, Herr Leibnizer. Ihr Sohn hat sich bei uns gut entwickelt und sehr viel gelernt. Wir wünschen Ihrem Sohn und Ihnen weiterhin alles Gute für Ihren Weg und dass Joel noch weiterhin viel Erfolg bei seiner Genesung."

So machten sie sich auf den Weg in eine ungewisse Zukunft. Getrieben von der Hoffnung, das Beste aus dem Leben zu machen. Joel war sich sicher, dass er sich jeder Herausforderung stellen und meistern kann.

ENDE

Krieger

Meinem Schicksal ergeben liege ich am Boden dem Tode geweiht.

Getrieben von der Angst vor dem Leben, der Angst vor mir selbst, der Angst vor meinen Gefühlen, führe ich jeden Tag einen Krieg mit mir selbst.

Die Depression lähmt meinen Körper aber ich will mich nicht von ihr bestimmen lassen.

Mein Weg war lang und schwer aber ich habe es geschafft, ihn immer weiterzugehen.

Das ganze Blut, das ich vergossen habe, befleckt die Erinnerung.

Der unbändige und tief sitzende Stolz, der mich am Leben hält, trotzt den wilden Stürmen die in meiner Seele toben und treibt mich immer weiter voran.

„Komm, steh wieder auf ... Wer kämpft, kann verlieren. Wer nicht kämpft, hat schon verloren". Höre ich den Krieger immer wieder sagen.

Der Kampf gegen den Druck mich selbst zu verletzen, scheint oft verloren.

Meine Kopfstimme versucht mir zu erklären, dass es keine Schande ist, schwach zu sein.

Auch wenn dicke schwarze Wolken den Himmel verdunkeln und ich wieder keinen Sinn mehr sehe, vertraue ich dem Krieger in mir, der mir wieder den Weg aus der Dunkelheit zeigt.

Immer wieder fordert mich der Krieger auf, wieder auf die Beine zu kommen und meinen Weg weiter zu gehen.

Täglich begebe ich mich auf die Suche nach dem letzten Fünkchen Hoffnung in meiner Seele.

Widmung und Danksagung:

Dieses Buch widme ich meinen Vater und meinem Bruder, die mich in viele schwere Zeiten unterstützt haben und es weiterhin tun.

Vielen herzlichen Dank an Timur Güller für die hervorragende Zusammenarbeit für das Cover-Design und an alle Menschen, die mich mit auf meinem bisherigen Weg begleitet haben und begleiten.